超馬童話大冒險 8

說再見

王淑芬／亞平／劉思源／林世仁／王文華／王家珍／賴曉珍／顏志豪 ● 著
李憶婷 等 ● 繪

推薦序

八仙過海，各顯神通

林文寶　臺東大學榮譽教授

週末夜晚，我習慣在家觀賞歌唱節目，電視臺重金禮聘兩岸三地當紅歌手，為他們舉辦歌唱比賽。各自在市場上擁有千萬粉絲的明星們，被摘下光環，轉變成選手身分，必須在殘酷的戰場上相互較量。每個人各憑本事與實力，必須擄獲觀眾芳心，才能得到選票生存下來，否則將被無情淘汰，最後誰能存活就是冠軍。這儼然是歌唱版的生存遊戲，原本打算讓歌聲洗滌腦袋、徹底放鬆，卻意外跟著賽況起伏緊張。

如此巧合，字畝文化出版社來信詢問是否能為新書寫序，發現他們竟然是找來八位成名童話作家，依照同樣命題創作童話，完成的八篇作品，將被放在同一本書裡，

任由讀者品評，多麼有挑戰性！但也多麼有趣啊！這跟我所看的歌唱節目根本沒有兩樣，但似乎更有看頭！仔細閱讀整個系列企畫，才知道這是一個超級馬拉松的概念，意思是指這一群童話作家，歷時兩年，共同創作八個主題的童話，最後完成八本書，換言之，這場戰爭總共會有八回合，而這本書是第八回合，選題：「說再見」。

果不其然，高手過招，精采絕倫，每位作家根本沒在客氣，毫無保留展現自己的堅強實力，表面客氣平和，但從作品水準可見，每一篇作品都拿出大絕招，無所保留，讀著讀著，連我這個老人家都沸騰起來。

八仙過海，各顯神通。八位作家，八種風景，八種路數，八種風格，真的讓我驚艷與驚喜。這場超級馬拉松，逼迫選手不得不端出最強武器，展現最厲害的招式。閱讀過程中，我或許真的可以理解，為什麼他們是這片武林中的高手？因為從他們的作品中，可以感受到他們稱霸武林的銳氣與才氣，他們獨一無二，他們無法取代，我想這或許也是他們成名的原因吧。

光有好選手是不夠的，字畝文化幫選手們打造了一個非常別緻的舞臺。書的設計相當有趣活潑，正文前面有作者的「冒險真心話」，每一位作家就是一位選手，一棒一個故事，一棒接過一棒，當最後一棒衝過終點線時，這一回合的比賽主題「結束——說再見」也在讀者的面前，淋漓盡致的詮釋與表現。這個企畫也讓我們感受到，後現代多元共生，眾聲喧嘩的最佳示範。

外行看熱鬧，內行看門道，這八篇故事都是傑作，各有巧妙，各自精采，我相信對於想創作童話的大朋友，或者想要如何寫好作文的小朋友，都有絕對助益。

出版者的話

一次品嘗八種口味的美妙童話

馮季眉　字畝文化社長

一個初夏午後，八位童話作家和兩名編輯，在臺北青田街一家茶館聚會。散居臺東、南投、臺中等地的作家迢迢而來，當然不是純為喝茶，其實大夥是來參加「誓師大會」的，因為，一場童話作家的超級馬拉松即將起跑。

這場超馬，源於一個我覺得值得嘗試的點子：邀集幾位童話名家，共同進行一場馬拉松長跑式的童話創作，以兩年時間，每人每季一篇，累積質量俱佳的作品，成就精采的合集。每集由童話作家腦力激盪，共同設定主題後，各自自由發揮。

稿約滿滿的作家們，其實一開始都顯得猶豫：要長跑兩年？但是又經不起「好像很好玩」的誘惑，更何況一起長跑的，都是彼此私交甚篤的好友，童心未泯的作家們也就迷迷糊糊同意了。畢竟，這一次，寫童話不是作者自己一人孤獨的進行，而是與當今最厲害的童話腦，一起腦力激盪，玩一場童話大冒險的遊戲，錯過豈不可惜？「誓師」當天，大夥把盞言歡，幾杯茶湯下肚，八場童話馬拉松的主題也在談笑中設計完成。

對作家而言，這是一次難忘的經驗與挑戰；對出版者而言，同樣是場大冒險。因為出版計畫的戰線拉得很長，而且出版方式也是前所未見：這系列童話，有如MOOK（雜誌書，性質介於雜誌Magazine與書籍Book之間），每期一個主題，每季出版一本，共八本。自二〇一九年至二〇二〇年，每季推出一集。

《超馬童話大冒險》系列八個主題，其實正是兒童成長過程中，必會經歷的人生習題，每一道習題，都讓孩子不知不覺中獲得身心發展與成長。小讀者細細品味這些故事的時候，可以伴隨書中角色一起探索、體驗，經歷快樂與煩惱，享受閱讀樂趣，並能體會某些事理，獲得成長。

各集主題以及核心元素如下：

第一集的主題是「開始」，故事的核心元素是「第一次」。

第二集的主題是「合作」，故事的核心元素是「在一起」。

第三集的主題是「對立」，故事的核心元素是「不同國」。

第四集的主題是「分享」，故事的核心元素是「分給你」。

第五集的主題是「從屬」，故事的核心元素是「比大小」。

第六集的主題是「陌生」，故事的核心元素是「你是誰」。

第七集的主題是「吸引」，故事的核心元素是「我愛你」。

第八集的主題是「結束」，故事的核心元素是「說再見」。

八位童話作家在創作路上，一起投入這場超級馬拉松，從「第一次」、「在一起」到「我愛你」、「說再見」，各顯神通，精采完賽！沒有人中途退場，也沒有人喊「好累啊，不玩了」。大家跑得不亦樂乎，談笑風生，還互相加油打氣，跑出一幀幀神奇的童話風景。這場超馬，本身就是一則美好、可愛的童話啊！

超馬童話抵達終點真心話

王淑芬

充滿新奇與神奇的童話冒險

對我來說，童話最大挑戰是如何寫出新奇感。

這是臺灣首次以這種方式邀八位作者寫「相同主題」童話，新奇。而八位作家在出版社總編的第一通邀請電話中，便點頭答應，新奇。各集中，每篇作品都風格不同、情節不同（證明八人中沒有失散多年的家人），新奇。兩年中，沒有人拖稿、以致於書無法順利出版，新奇。插畫家都讀懂故事，於是能捕捉到故事精髓，畫得極美，這一點不能說新奇，是神奇。八位作家中，最嚴重的貓奴（我），居然沒有全部以貓當主角，新奇。也就是，這個企畫主題與出版過程，本身就充滿新奇，是不折不扣的童話！

亞平

一起跑步不孤單

我不善跑步，卻沒想到完賽了一場童話超馬活動，締造我人生的新紀錄，真是太開心了。成功圓滿的完成了一件事的感覺，非常好，有充實感，也有幸福感，更多的是成就感。

我要謝謝陪跑的三隻小鼴鼠，由於你們的「來亂」，讓我成功的開辦了鼴鼠洞教室，空泛的靈感得以成真，更相信自己有「創作」潛質、以及指使別人搞笑出醜演出的技倆。

也要謝謝其他七位童友們的砥勵，在你們的作品裡，我看到了信念、堅持和創意——創作很孤獨，有同道，就不孤單。你們的陪伴，在在激發了我為自己下一段旅程跑步的勇氣。

永遠懷念這一段的「當我們同在一起」。

劉思源

在創作跑道上自由奔跑冒險

高中時，國文老師出題作文是一周大事。平常乖乖牌的我，不知哪來的小叛逆，常常不管題目，另立一題，然後洋洋灑灑寫了一通，就瀟灑交卷了。

老師也奇，從未指責，寫得好的誇獎，寫不好的也多鼓勵，僅小扣一、二分意思意思，給「題目」本人一個交代。

當我回望，深深敬佩老師的胸襟和智慧，讓年輕莽撞的靈魂有了一方自由的奔跑空間。當我眺望，題目（包含生命的題目）已不再是限制，而是起點，要挑戰的是無限的可能性。

感謝出版社提供了自由的跑道，我任性的把每一篇童話都當成全新的冒險，八篇的主角通通不一樣，有來自很久很久以前的小饕餮，也讓象棋盤上的小棋子活動活動……是一場痛痛快快的創意接力賽。

當然也感謝在這場長跑中，一直互相加油打氣的健腳兒們，尤其是截稿前，若是有人通報交稿了，那絕對是逼我提起疲憊（偷懶）的雙腳，努力跑到終點的超動力。

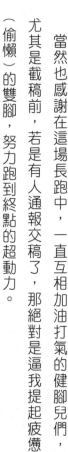

林世仁

合力衝刺下的回望小奇蹟

參加超馬童話，是我童話創作生涯中很特別的經驗。剛開始，我還擔心拖稿多、手腳慢，只能陪跑第一圈。沒想到，在童友的陪跑激勵和自我的挑戰中，竟然一圈又一圈的堅持到了最後。雖然常常遲交、匆匆趕稿，卻很開心能一路跑到終點。這對散漫慣了的我來說，簡直就像小小奇蹟！感謝字畝發想出這麼有趣的企劃，感謝童友們的合力衝刺。這一次的美好機緣，讓我寫出了和以往不太一樣的童話。寫到最後一篇，還真有些捨不得呢！感謝天天貓，感謝牠為我帶來的童話新篇。如果天天貓跑去找你們，也請你們寫下自己的「微風往事」喔！^_^

王文華

慢跑者心聲

從小到大，我就是個肉腳，別說跑馬拉松，國中時參加一千五百公尺賽跑，創下全校最慢速度，我想，螞蟻和蝸牛應該都跑得比我快吧。沒想到當了作家，竟接到這麼有趣的任務，要用兩年時間，和七位作家同時用童話來開跑耶，我本來完全不擔心，真的啊，看看名單，只有世仁和志豪是男生，另外五位都是嬌滴滴的娘子軍，我撥撥小算盤，怎樣也不會跑最後一名啊，所以就毫不猶豫的答應了……

寫第一篇很快，寫第二篇還不錯，然後就越寫越慢，越寫越慢，結果啊，剛剛出版社打電話來了：「文華老師，不好意思，八篇稿子就差您最後這一篇了。」

唉！

王家珍

在作品裡認識彼此　還有故事要開始

二〇一八年五月，季眉邀約大家挑戰超馬童話大冒險。第一次和大家合作寫書，在想像的世界裡，我們雖然不同國，卻沒有對立的煙硝味，努力把腦中的畫面化為文字，與大家分享。

謝謝陳昕，創造出瑰麗奇幻的童話場景，把我故事裡的淘氣角色畫得好生動；謝謝編輯們一路相伴、溫馨陪跑。作者、繪者和編輯，一棒接一棒，寫故事、畫插圖、編成書，不是從屬關係，也無法比大小。

這段賽程讓大家從陌生到熟悉，我被陳昕的圖吸引，也被大家的故事吸引，在作品裡認識彼此，我愛你們。

站在終點線前，依依不捨、不想說再見。這個故事結束了，代表其他精采的故事正要開始，有緣必會再相見。

賴曉珍

處處充滿驚喜的慢步時光

我從小動作慢，跑步也慢。幸好有毅力，總能硬著頭皮跑完。交出第八篇「黑貓布利」後，呼！鬆了一口氣。原以為漫長的兩年，沒想到只要慢慢的、持續的跑，不知不覺便抵達終點了。

這段時間，很感謝陪跑的七位伙伴，因為大家的相持、勉勵，讓路途變得愉快，處處充滿驚喜。我也讀了許多好棒的童話，學到每個人有不同的「跑步」方式：有人用跳的，有人用爬的，有人喜歡後退跑，有人邊跑邊扮鬼臉……讓我大開眼界呢！

此刻想恭喜自己，恭喜大家。我們順利完賽了！真想擁抱每個人，然後跳起來歡呼，喀嚓！拍張歷史大合照留念。

顏志豪

馬拉松過程中瞭解自己

還記得，剛開始出版社邀請參加童話長跑時的興奮，沒想到晃眼終點已到，真的有點捨不得，這次能跟臺灣知名童話前輩一起跑馬拉松，真的像夢般不真實，收穫良多。

我選擇穿著「恐怖照相旅館」這雙全新跑鞋參賽，雖然過程中屢不適應，不過卻非常快樂。我甚至不去瞭解新鞋的個性，因為我熱衷於新鞋在磨合中彼此對話，從而瞭解自己的創作，還有自己是誰。

路上，宛如人生，不可能總是順利，猶豫，害怕，跌倒，走錯路都是日常，結果對我而言不是太重要，過程對我而言才是珍惜。

感謝吉米三世和兔子小姐，還有這群可愛又可敬的跑友們，和辛苦的出版社編輯群的陪伴，帶給我這般美好的回憶。

目錄

當你走出羅生門

王淑芬

繪圖／蔡豫寧

世界上既然有「第一次國」、「第二次國」，當然就有「最後一次國」。凡是住在「最後一次國」裡的人民，從小到大，最常聽到的便是「這是最後一次囉」；嘴裡最常說的，也是「警告！這是最後一次」。

「最後一次國」的國家法律很簡單，大家都約定：每個人自己管好自己，否則，犯了錯的下場就是：「這是你最後一次睡在家裡。明天，請走出羅生門，永遠離開。」

羅生門，是一道極高大的門，以黑色巨石堆砌而成。白天看起來有點可怕，夜晚看起來更是恐怖，這是「最後一次國」通往外界的唯一通道。

小小的「最後一次國」四面圍繞著高聳石牆，將整個國度包得緊緊的，只有這道門，像一張嘴，可以打開，向外呼吸。

一個七歲孩子問老師：「為什麼羅生門看起來這麼嚇人？」慈祥的老師摸摸孩子的頭：「因為沒有人知道走出這道門，門外是什麼？」

的確，當犯錯的人過完最後一夜，一走出羅生門，代表著再也不能回來。所以，從來沒有人自門外走進來，告訴大家：「其實羅生門外很熱鬧。」或是：「其實羅生門外很荒涼。」

每天起床，大家會說：「最後一次看日出哇，要珍惜。」

第二天起床，又說：「最後一次看日出哇，要珍惜。」

就這樣一直起床、起床、再起床；珍惜、珍惜、再珍惜。有一天，就真的是最後一次看日出了。

然後，他的家人就會說：「幸好他之前有珍惜最後一次看日出。」

羅生門下，有間小小屋子，住著已經很老的羅生爺爺。羅生爺爺的爺爺的爺爺的爺爺，就是當初負責建造這道城門的人。從此以後，羅家便一直住在門下，負責看守，成為守門人。

因為是羅家蓋的、從羅家手中誕生的，所以門的名字，就叫羅生門。

而每代負責守門的，名字也被指定叫做「羅生」，做為紀念。

那個七歲的孩子問羅生爺爺：「沒有門以前，你爺爺的爺爺的爺爺，見過外面的世界吧？」

「當然，當然。」羅生爺爺摸摸長長的白鬍子。

孩子張大眼，又問：「外面有酸酸的漿果、脆脆的冰菜嗎？」這是昨天孩子家的晚餐。

羅生爺爺笑呵呵：「應該有吧。」他又提醒：「這是最後一次讓你提問，回家睡覺吧。」

孩子又問：「我再問最後一次，外面的世界，好？還是不好？」

羅生爺爺拿起掃把，將門板清理一番，回答：「不好。」

「也許是好的。」孩子小聲的、對自己說了最後一次。

「最後一次國」有個全國盛大的活動。

每月最後一天，大家圍坐在羅生門廣場，

輪流報告這個月所作所為。重點在「我有沒有做了什麼壞事」。然後由其他人評斷：這種行為嚴不嚴重？該不該罰這個人走出羅生門？

根據學校的歷史課本所寫，從來沒有人故意犯下重罪，惹得大家生氣，非要將他趕出這個國家。

老師補充說：「我記得小時候，有個人老實報告，說他在家裡偷偷批評鄰居太太寫的詩有點太長。」

這是嚴重的罪嗎？

「批評別人寫的詩，當然不應該！」老師翻了翻自己寫的詩，也是寫得很長。

幸好，那個人哭得很悽慘，大家於是決定：「這是你最後一次

四維
四維
四維家

批評人。只要保證日後不再犯，就行。」

那個人擦乾眼淚，點點頭。

孩子問：「他以後有再犯嗎？」

老師搖搖頭：「那個人從此不再多說一句話。」

總之，直到去年，可怕的羅生門才被打開。

去年，有一個人經由投票，確定被趕出去。會議結束，這個人低著頭，羅生爺爺打開羅生門，他便慢步走出去。這個人的家人並沒有說再見，因為不可能再見。

羅生爺爺記得很清楚，那個人的妻子，眼睛睜得很大很大，嘴唇緊緊閉著，像是禁止自己忍不住說出：「再見。」

那個人的妻子，還摟著一個孩子——就是常來問他問題的七歲孩子。

有時，羅生爺爺掃完地，會抬起頭來，看著羅生門之上的天空。那個七歲孩子便問：「爺爺，門裡面的天空，和外面的天空一樣不一樣？」

羅生爺爺笑了：「天空很大，所以應該差不多。」

孩子也笑了，對爺爺說：「太好了，我和爸爸看到的天空是一樣的。」孩子又想起：「我最後一次和爸爸抬頭看天空，是……」

他不說話了，低下頭，慢慢走回家。

羅生爺爺嘆口氣，也低下頭，慢慢走回屋子裡。屋內點著幾盞蠟燭，明明很溫暖，可是，羅生爺爺卻覺得有點冷。

「可能是……」羅生爺爺又嘆口氣，自言自語：「可能是想起那孩子與爸爸的故事吧。」

他想起孩子爸爸為什麼被趕出羅生門。

孩子爸爸叫做大路，大路是在「最後一次國」出生的，是家裡最小的孩子。大路很乖，不管父母交代給他什麼任務，他總是做得又快又好。但是，大路也很不乖，因為他從早到晚，有問不完的問題。

「爸，為什麼規定房子的

高度不能超過圍牆？」

「媽，為什麼不能放風箏？」

「為什麼老說最後一次，不說：再來一次，或下一次呢？」

「老師，為什麼我們不能走出羅生門？」

每個被大路問倒的大人，都大叫：「這是我最後一次警告，別問啦。」

爸爸疼大路，會偷偷向他解釋：「房子蓋得太高，會看到外面的世界，多可怕！睡覺一定作惡夢。放風箏，萬一風箏飛到羅生門外，掉下去，就無法撿回了。」

至於最後一題，爸爸想了想，皺著眉說：「我也不知道。可能是羅生門外，有妖魔鬼怪吧。還是待在安全的圍牆，平安。」

至於「最後一次國」的國名，有沒有機會變成「再來一次國」？爸爸大喊一聲：「我最後一次警告你，不要製造麻煩。」

大路卻還是忍不住，東想西想，一堆問題在腦子裡轉啊轉。等到他長大結婚生子，

還跟兒子悄悄的討論。

大路說：「兒子，等你再大一點，我們趁夜裡，偷偷玩風箏，可好？」

孩子眼睛發亮；只要是爸爸帶他做的事，都好玩。

大路又說：「兒子，總有一天，我想走出羅生門。」

孩子眼睛更亮，聽起來好刺激！孩子說：「我也跟你一起去。」

大路搖搖頭：「我先去探險。沒問題的

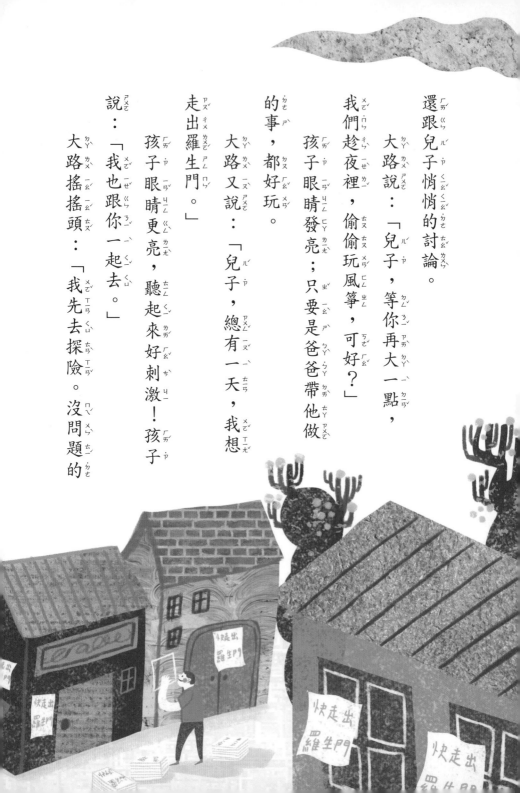

話，一定回來，帶你走出羅生門。」

孩子拉著爸爸的手，大叫：「你一定要回來。」

之前，大路已經向孩子保證又保證、發誓又發誓，可是，孩子說：「你再說最後一次：保證回來帶我。」

「一定！一定！」

大路走出羅生門的方法很簡單，他寫了一百張大海報，上面有六個大字：「快走出羅生門」。

然後，趁夜裡貼在幾個人潮眾多的地方。

就這樣，當他承認大海報是自己寫的、貼的，最後一次國沒等到月底，馬上開會，並且立刻決定：「大路故意貼出讓人胡思亂想的海報，必須趕出我國。」

就這樣，大路走出羅生門。

大路的七歲孩子，等著爸爸的承諾。

每天，孩子來到羅生門，幫羅生爺爺掃地、清理門板，陪爺爺喝茶。黃昏時離開，會對自己說：「這是最後一次等不到爸爸。」

他想：「明天，門就會打開，爸爸從羅生門外走進來。」

他問媽媽：「爸爸為什麼想離開？跟我們在一起，不也挺好的？」

媽媽說：「這是我最後一次回答你，你爸爸就是跟其他人不一樣。別人珍惜最後一次，他卻只想著：下一次。」這句話，七歲孩子聽爸爸說過好多次。可是，下一次是什麼時候？

下一次跟爸爸說悄悄話，是什麼時候？

下一次跟爸爸偷偷討論：在夜裡幾點放風箏，比較安全？又是什麼時候？

當爸爸走出羅生門，他的心情是快樂、害怕，還是別的？

最後一次，七歲孩子對自己說：「如果

爸爸明天沒有推開羅生門，走進來，我就忘了他。」七歲孩子又提出反對：「不，明天過後，應該讓爸爸有下一次的機會。」

明天，爸爸會回來嗎？還是，一切都結束了？

《羅生門》是日本小說，作者是芥川龍之介，一九一五年發表。描述一個流浪漢在羅生門城樓上遇見一位老婆婆，兩人都以自私之心想謀害他人，取得自己利益。後來日本導演黑澤明將這本小說，結合同作家另一本《竹林中》，改編為電影「羅生門」，一九五〇年上映。因為電影著重在《竹林中》不同角色各有立場、為自己辯解的情節，所以，日後「羅生門」一詞，反而指的就是：各說各話、真相不清楚。高中以上適讀。

作者說　羅生門外的答案

這篇〈當你走出羅生門〉，不但有親子離別的感傷，也在辯論：「被安全圍繞、不知道外界好壞」比較好？還是願意冒險，走出舒適圈（意思是熟悉的、被保護的環境）比較好？大路最後會推開羅生門，帶兒子走？還是永不回來？理由又是什麼？這是我想留給讀者思考的。

超馬童話作家　王淑芬

王淑芬，臺灣師範大學畢業。曾任小學主任、美術教師。受邀至海內外各地演講，推廣閱讀與教做手工書。已出版「君偉上小學」系列、《我是白痴》、《小偷》、《怪咖教室》、《去問貓巧可》、《一張紙做一本書》等童書與手工書教學、閱讀教學用書五十餘冊。

最喜愛的童話是《愛麗絲漫遊奇境》與《愛麗絲鏡中漫遊》，曾經為它做過好幾本手工立體書。最喜愛書中的一句話是：「我在早餐前就可以相信六件不可思議的事。」這句話完全道出童話就是：充滿好奇與包容。

小旅行，出發！

亞平

繪圖／李憶婷

再過一個月就要放暑假了，小鼴鼠們好高興啊。

尤其是四年級的這一群小鼴鼠，暑假裡就要展開迷人的小旅行，他們雀躍著，期待著，恨不得馬上就出發。

不過，出發前得先提交旅行計畫書，計畫書通過審核，才能自由自在旅行去。為了這一份計畫書，三隻鼠叫苦連天。

「你確定要去西巴巴島嗎？」阿力問。

「當然。我一定要去西巴巴島。」阿胖說，「聽說當地特產的鹽栗子超好吃，我一定要趁這個好機會，好好的吃個夠。放心，我會多帶一些回來給你們嘗鮮的。」

「可是，去西巴巴島要坐船，你不是會暈船？」

這麼一問，阿胖的眼光就黯淡下來。

西巴巴島是一座小島，從鼴鼠洞上到草原後，再坐船沿著小溪往下划行半天，才能順利抵達。

島上枝葉婆娑，物產豐富，尤其是特產鹽栗子，吃起來清甜中帶有淡淡鹹味，是著名的特產。會來這座島探險的小鼴鼠們，很多都是衝著鹽栗子來的。

「講到這個，我就頭痛。」阿胖嘆了一口氣，「我不但會暈船還會嘔吐呢，不過，再怎麼不舒服，想到鹽栗子，我都要忍耐。」

「獨木舟也不好坐，」阿發也開口了，「一不小心就會掉進小溪裡去，你可千萬小心，別顧著打鬧，掉進溪裡，沒人救得了你。」

「哈哈，這點你就放心了，我這麼胖，很難移動的。」阿胖拍拍胸脯說。「你呢？你想去哪裡？」

阿發想了好一會兒才說：「我想去爬山，草原盡頭的烏拉拉山很吸引我，尤其是烏拉樹的樹藤，我想去盪盪看。」

「盪烏拉樹的樹藤？你是不是腦袋壞掉？」

「沒壞。我很久以來就嚮往著在天上飛，可是，我們鼴鼠只會鑽洞，哪有飛的機會？盪樹藤可以滿足我的

夢想，我一定要試試看。」阿發熱切的說。

「烏拉拉山上經常有狐狸出沒，還有老鷹和蛇，天敵不少哇。」

「放心吧，我只要把計畫書交上去，學校一定會替我安排合適的老師傳授我相關的知識；對了，岩公公也會來，這條路線，他走了一百零一次，有岩公公指點，

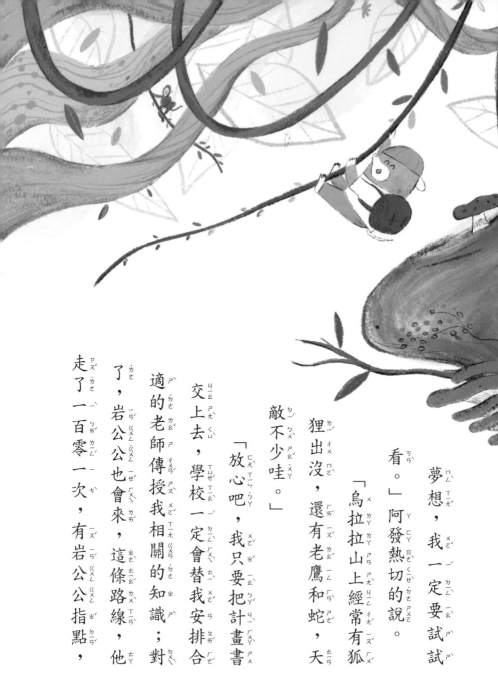

一定萬無一失。」

岩公公是鼴鼠學校裡赫赫有名的運動老師，他現在年紀大了，不能上課了，但他有時會來鼴鼠學校講他的冒險經歷，他一開講，小鼴鼠們都聽得渾然忘我，是非常受歡迎的傳奇性老師。

阿胖和阿發短時間內就確定了小旅行的目的，現在他們把目光轉向阿力。

「阿力，你要去哪裡？」二隻鼠同時問。

阿力一副欲言又止的表情。

「西巴巴島？」阿力搖頭。

「烏拉拉山？」阿力搖頭。

「難不成你想留在家裡？」現在換阿發搖頭了，「這可不行啊，小旅行的目的就是要我們自己學習走出去，練習獨立自主的能力，你想留在家裡，老師們一定不會同意的。」

「我比誰都想要跑出去。」阿力不以為然的說著，「只是，我想去那裡。」阿力比了比下面。

「哪裡？」

「地下的地下。」阿力肯定的說著。

「地下的地下？」阿胖阿發很疑惑，「這有什麼好去？」

阿力覺得時候到了。有一個祕密他已經忍了好久，再也忍不住了，他一定要說出來。

「因為我在地下的地下遇見了一隻噴火龍，他的名字叫火球。」

「噴火龍？火球？」

「我和火球聊了很久，我還幫他挖出他想吃的黑片岩，然後，他就噴火了，噴出一條長長亮亮的火舌，好可怕。」

阿發走過來摸摸阿力的腦袋：「你有發燒嗎？」

「我就知道你們不相信，等我把經過情形說清楚、講明白，你們就會相信我了。」

阿力花了一些時間把上次在第93號教

室的側地道裡遇見噴火龍的情形，鉅細靡遺，述說詳細。

然後，阿胖哭了。

阿發顫抖著身子。

「我覺得我們應該馬上去報告校長，接著，速速搬家。」

「火球該不會專程找一天來吃火烤鼴鼠肉吧？」

「別慌嘛！」阿力無奈的拍拍兩隻鼠的肩，說：「我就是擔心噴火龍會無緣無故闖進我們鼴鼠學校來，我才想去查探清楚的呀！」

「根本是自投羅網！」阿發說。

「他們該不會一隻一隻的跑來吃火烤鼴鼠肉吧！」阿胖又哭了。

「哎喲，你想太多了。火球告訴我，他們最想要噴火的對象是壞人、狐狸和野狼，我們是這麼小的小鼴鼠，根本不夠塞牙縫。」

「沒有火烤鼴鼠肉？」阿胖止住了哭泣。

「我也無法確定。就因為無法確定，我才想去地下的地下走一趟，看看噴火龍是否真的存在；如果噴火龍還在，總要找出一個和平相處的辦法。」

阿力這麼一說，阿胖阿發終於不再害怕。

「火球還認得你嗎？他會幫你嗎？」阿發問。

「火球應該還認得我吧。至於幫忙嘛，也許會，也許不會，我去了就知道。放心，如果遇到危險的話，我鑽洞就是了。一鑽天下無難事，我的身軀小，地底下光線又差，也許噴火龍個個都是大近視眼呢！」

這麼一說，三隻鼠都笑了。

「可是，這樣的旅行計畫書，校長會通過嗎？」阿發想到另一個問題。

「這也是我苦惱的地方。」阿力抓抓頭，「如果計畫書不通過，我就得另尋去處了。」

「來嘛，來西巴巴島，我們一起去吃鹽栗子。」

「一起去烏拉樹上盪樹藤吧，保証永生難忘。」

「不要，我還是想去地下的地下，如果遇見了噴火龍，我會偷偷留下證據，指甲、麟片都行。這才是我永生難忘的小旅行啊。」

「審查日就在下個星期一，大家加油了！」

三隻鼠的手緊緊的握著。

鼴鼠洞第72號教室並不是教室，它是校長室。

亮校長擔任鼴鼠洞的校長已經有十年了，他是個笑咪咪的校長，很關心小鼴鼠們活動，也常和小鼴鼠們打成一片。

現在，四年級的小鼴鼠們群聚在校長室外面，等候唱名。

凡是被叫到名字的小鼴鼠們，要一一進到校長室去，報告自己的旅行計畫，並回答老師和校長的提問。

旅行的目的地有遠有近，旅行的同伴也可多可少，只要自己找好同伴，詳實計畫，大部分都會過關。

現在，走出校長室門口的是阿胖那一群要去西巴巴島的同伴，看他們興高采烈的模樣，就知道過關了。接著換阿發一行五隻鼠進校長室了。沒多久，他們也笑著出來，過關了。剩下來的，都是單獨出遊的。有的是去找親戚，有的是去拜訪朋友，還有的是專程去採摘一種植物，或是去著名景點一遊。有的笑著出來，有的哭喪著臉出來。

小鼴鼠越來越少，現在換最後一隻鼠——阿力，進校長室了。

阿力進去後，鞠了個躬，一抬頭就看見了黑老師、鑽老師、麻老師、森老師全都在座。

「阿力，你想去地下的地下查探噴火龍的蹤跡？」亮校長看著計畫書問。

「是的。」

「請說明你的目的和動機。」

阿力從半年前和火球的相遇講起，一直講到他目前的準備狀況。

他講完後，所有的老師都安靜

無聲，不發一語。

「不行，太危險了！」森老師首先發聲，「這無異是讓阿力白白去送死，小鼴鼠不該從事這麼危險的旅行。」

「地底下又不見得真有噴火龍，」鑽老師說話了，「我反而覺得阿力想去地底一探究竟，這種即知即行的精神，非常可取。」

「地底下是有噴火龍存在的，萬一真遇上了呢？」黑老師說。

「探查噴火龍的存在，是一項值得研究的工作，阿力如果找到火球，順利的搜集到噴火龍的資料，我們就能及早做好防備，知己知彼，百戰百勝。」麻老師說。

「既然是重要的工作，怎能委託阿力去做？應該是我們自己來。」森老師說。

「可是，火球不認得我們，我們也不認識火球。」麻老師說。

阿力沒想到他的旅行計畫竟然引來了在座老師一番唇槍舌戰，他看看這邊，聽聽那邊，不知怎麼辦才好。

亮校長說話了，「阿力，你的計畫書引起了很大的爭議，我想，你也看到了。現在，請你先出去外面等著，老師們想要再多討論一下。」

校長說完，阿力乖乖的走出門外，留下室內五個人。

✱ 校長室外

空無一人，大伙兒都下課去了，空盪盪的走廊上只傳來幾聲小鼴鼠的笑聲。

阿力氣餒的想著，這個旅行計畫應該不會過關了。他年紀太小。危險性太高。毫無

防禦能力。噴火龍太過兇惡。隨便哪一個理由都足以反駁這項計畫書。

可是，他真的好想去找火球啊。想去看看他們的世界。再看一次亮晶晶的火舌……

校長室的門開了。

阿力走了進去，他艱難的開了口，「校長，請問我的旅行計畫是不是被否決了？」

亮校長依舊笑咪咪的，「不，阿力，經過我們慎重的討論過後，你的旅行計畫，過關了。」

「真的？」阿力不敢相信。

所有的老師都點了點頭。

「這項旅行計畫確實危險，不過，在座老師討論過後，都覺得以你的機智、勇氣和反應能力，應該可以過關。只是，在出發前，你必須再上幾門加強課，例如鑽老師和麻老師的課，他們會針對你的實際需求，教你一些更加實用的知識。」

阿力高興的點了點頭。

「另外，我也要給你一樣東西，」亮校長從抽屜裡拿出一個東西給阿力，「這是個漂亮的徽章，危急的時候，只要拿出徽章給噴火龍看，它會保你一切順利的。」

阿力拿過徽章仔細查看，突然，他看出特殊之處了，他大喊著：「校長，這是噴火龍的鱗片嗎？」

亮校長笑著點點頭。

「所以，校長你也去過地下的地下？你也遇見過噴火龍？」阿力真是太驚奇了，亮校長果然不一樣。

「孩子，我的旅程，是我的旅程；你的旅程，是你的旅程。」

亮校長笑得高深莫測，「希望你的旅行一切順利。祝福你。」

放暑假後，小旅行就開始了。

阿力、阿發、阿胖三隻鼠互相打氣：「我們不但要成功回來，還要帶回紀念品哦。」

小旅行，出發。

作者說

結束是新的開始

這一篇故事是超馬童話系列的最終章，照理講，應該寫一個結束的故事；但我以為，結束也是另一個新的開始，所以，我讓三隻鼠分手了，自己走自己的路，有一個新的起點。

計畫一趟旅行不容易，在規畫和實踐的過程中，一定要面對許多的困難；但也是在那個當下，你更會發覺到自己的潛力。是的，在旅行中發現自己。

致三隻鼠以及所有的小朋友。

超馬童話作家

亞平

臺東大學兒童文學研究所碩士，國小教師、童話作家。

曾榮獲九歌年度童話獎、國語日報牧笛獎、教育部文藝創作獎等，著有《月光溫泉》、《我愛黑桃7》、《阿當，這隻貪吃的貓！》系列、《貓卡卡的裁縫店》系列、《狐狸澡堂》系列。電子信箱：yaping515@gmail.com。

蔓蔓天使慢慢飛

劉思源

繪圖／尤淑瑜

這個夏天，蔓蔓就要從天使工坊畢業了。她又開心又迷惘，畢業是結束，也是開始，她即將邁入實習天使的行列，不知道是否能勝任工作？

看她的名字有個草字頭，就知道她是屬於花草系的。她的個子很小，翅膀也很小——兩片很薄、很輕的小薄荷葉。而且她說話慢、吃飯慢，動作更慢，偏偏名字又叫蔓蔓，所以不意外，被同學取了個外號「慢慢」。

「慢慢來，心安安」，蔓蔓倒不介意，還發明一些「慢慢經」安慰自己，例如「慢一步，壞事不來找」；「細嚼慢嚥，消化好」；「慢條斯理，不失禮」。

「分發到哪兒好呢？」米爺爺查看地圖，忽然眼睛一亮，「這兒挺適合的，一座小小的管區，交給一位小小的天使剛剛好。」

米爺爺指派給蔓蔓的是全世界最小的森林——藤井森林，一座生長在深井裡頭的祕密森林。它雖然地方小，又位在井裡，陽光少少，卻奇蹟似的長著許多小小的植物和動物。

蔓蔓的工作就是和守護員貓頭鷹桔桔一起照顧藤井森林。

米爺爺交代蔓蔓：「這座森林雖小，但工作很忙，你一定要努

力喔！」

「我會的。」蔓蔓用力點點頭。

「飛吧！」米爺爺把蔓蔓放在手心，吹了一口氣。

★

蔓蔓乘著風展開翅膀，飛往藤井森林。但小小的薄荷葉翅膀，飛不高也飛不快。當她到達藤井森林時，已經是下一個春天了。

整整「遲到」大半年。

守護員貓頭鷹桔桔個性急，早就等得不耐煩。

「哪有飛得這麼慢的小天使？」桔桔猛搖頭。

「對不起。」蔓蔓臉都紅了，她向桔桔保證，一定會加倍努力工作，況且「遲到，總比不到好」。

「這是什麼怪理由？」桔桔深深不以為然。他要求蔓蔓以後絕對不可以遲到。

蔓蔓趕快點頭答應，可不能第一天就得罪同事。大家相處久了，就能「慢慢」互相了解了。

蔓蔓誠懇的態度平息了桔桔的抱怨。桔桔其實是隻健忘的小鳥，搖搖頭，小小的怒火便熄了。

第二天，蔓蔓正式上工。

她記得與桔桔的約定，決定用時間換取速度。

當第一束陽光射進藤井森林時，蔓蔓就揮舞著小翅膀巡視森林了。

她又想到一條慢慢經：「急時，不如及時。」

於是若是森林渴了，蔓蔓就請雲朵幫忙下下雨；熱了，蔓蔓

就請風來吹吹涼。

其實保護森林是個挺吃重的工作，每個季節都有忙不完的雜事，只有冬天大地冬眠的時候可以休息一下。

貓頭鷹桔桔個性急，動作快，和蔓蔓成為很好的互補。

桔桔負責有時效性的工作，例如春天時，喚醒沉睡在土裡的種子；夏天花開了，幫忙傳播花粉；秋天，果實纍纍，除了要保護果子，還要幫葉子添上

黃色、褐色、紅色的季節色彩。

至於蔓蔓呢？就負責處理需要有耐心的事，包含清掃落葉和枯枝、撿拾鳥糞、蟲屎等做肥料。

蔓蔓也發現，翅膀小也不是沒有優點，例如：不易被發現，是絕佳的保護裝置，如同隱身在層層葉片中；飛得慢，每個角落都可以看得到，可以打掃得乾乾淨淨。

而藤井森林裡的小植物、小動物也很喜歡蔓蔓，常常找蔓蔓玩耍。

森林裡的遊戲可多了！盪鞦韆、溜滑梯、大風吹、躲貓貓……每天都有新鮮事。

一年又一年，藤井森林愈來愈茂盛。

只是奇怪的是，蔓蔓個子依舊小小、葉翅膀也依舊小小。她每天都收集一壺晶瑩的露水，仔細的澆灌和清洗翅膀，或是飛到井口邊陽光充足的地方曬太陽，甚至捏著鼻子，請小鳥和小松鼠們幫忙施肥，都沒用。

「到底少了什麼？」蔓蔓搖搖頭，陽光、空氣、水一樣也不缺呀。

對於蔓蔓長得慢這件事，桔桔雖然見多識廣，也搞不清是怎麼回事。

貓頭鷹桔桔年紀越大，個性反而越急躁。他猜自己的日子可能不多了。證據就是頭上的羽毛一直掉、一直掉，連搖頭都要小心翼翼。

桔桔一直有個心願，希望藤井森林的植物能長得更大、更高。可是現在連小天使都長不大，怎麼是好？

而且今年的天氣好奇怪，雨水似乎特別多，許多果子都被雨水打爛了。

這一天一大早又下起雨。貓頭鷹桔桔冒著雨，四處巡視。

「咦？那些毛毛的是什麼東西？」

桔桔老歸老，眼睛還是很銳利。

他靠近一看。哇！一群一群的毛毛蟲聚集在周遭的葉片上，大口大口啃著葉子。

大部分的葉子被啃得一個洞一個洞的，看起來好可憐。

桔桔把蔓蔓叫來。

抓小蟲是蔓蔓的工作之一。森林需要蟲，但數目要剛剛好，不能多、不能少。

而這些毛毛蟲，顯然多了點，而且看起來不是藤井森林的原住民。

桔桔要蔓蔓立刻把這群毛毛蟲「處理掉」。

蔓蔓覺得好抱歉，答應立刻加班處理。

不過天使畢竟是天使，手段要溫和、有愛心。

她用樹枝和落葉編了一把掃把和一個網子，溫柔的把毛毛蟲掃進網子，再飛到井外的草原放出來，安頓好。

一趟又一趟，一天又一天，蔓蔓小小的翅膀漸漸支持不住，決定靠在樹上趴一下。

雨滴打落在葉子上，滴滴答答，好好聽，蔓蔓不知不覺睡著了。

也不知道睡了多久，蔓蔓慢慢的睜開眼睛。

咦？右邊的翅膀怎麼癢癢的？

她回頭一看，一隻毛毛蟲窩在她的翅膀上。

奇怪，平常毛毛蟲害怕被處理，不敢靠近她。

毛毛蟲伸出一隻腳，指指前方——

蔓蔓看看四周。

啊！居然已經深秋了，樹上葉子都掉光了，滿地都是枯葉。

只有她小小的薄荷葉翅膀，在寒風中依舊翠綠。

她居然睡了這麼久？

毛毛蟲叫做可可豆，牠的身體是咖啡色的，和落葉的顏色很像，被蔓蔓不小心遺留在網子裡，沒被「處理掉」。

他超級怕黑，又有密閉空間恐懼症，堅持不要化成蛹窩在裡頭，「誰知道我的小命會不會就此結束啊？」

他盡量少吃葉子，能拖一下就一下，好不容易熬到現在。

「真是個怪咖！」蔓蔓心想，居然有不想變成蝴蝶的毛毛蟲。

這時一連串急促的聲音從樹梢那頭傳來。

「蔓蔓，你在哪裡？」貓頭鷹桔桔一邊叫，一邊朝蔓蔓的方向飛過來。

糟了，桔桔的眼睛很尖，一定會發現可可豆的。

蔓蔓想也不想，立刻伸出另一隻翅膀遮住可可豆。

這時桔桔看見了蔓蔓。他呼嘯一聲，穿過樹梢飛下來。

他看起來又疲累又擔心，「蔓蔓，你迷路了？受傷了？」

「對不起，我不小心睡著了。」蔓蔓真心的道歉。

「睡著了？而且一睡睡了那麼久？」桔桔聽了，一張臉瞬間變得鐵青，小孩子就是不負責任，愛偷懶。

「慢慢說，不冒火。」蔓蔓試著安撫桔桔。

沒想到桔桔一聽火更大。

「夠了，你耽誤了工作，還想狡辯？」桔桔丟下一句話，頭也不回的飛走了。

蔓蔓想追過去解釋和道歉，卻感覺右邊的翅膀一陣劇痛。

原來可可豆餓太久，昏了頭，迷迷糊糊的咬了一口葉子。

而且可可豆吃了一口就化成蛹，掛在翅膀邊上，沉沉的睡著了。

這下子，蔓蔓動也不敢動。

要是蛹掉下來，受傷了，那可怎麼辦？

蔓蔓就這樣一直守著可可豆。

天氣越來越冷，雪花一片一片落下來。

喀嚓一聲，蔓蔓的左邊翅膀支撐不住，居然應聲折斷了。

蔓蔓看著自己的翅膀，一邊破了，一邊斷了。

蔓蔓再也忍不住，嚎啕大哭。

★

轉眼雪融了，春天已經悄悄到來。

森林的時間說不準，有時感覺很慢，有時又變得很快。

小小的藤井森林也甦醒了，到處冒出綠芽。但蔓蔓的心依然關在冰天雪地裡。

她的翅膀沒了，小小的蛹毫無動靜。蔓蔓想，一切都結束了，她再也不能做什麼了，不管是為毛毛蟲，或是為藤井森林。

這時一個熟悉的聲音從井口傳來，「蔓蔓，你在哪兒？」是米爺爺！天使工坊的米爺爺來點名了。

米爺爺飛下來，把蔓蔓托在手心上。

蔓蔓慚愧的說：「對不起，我把翅膀弄壞了！」

米爺爺笑了，「別擔心，事情不一定和我們看到的一樣喔。」

米爺爺說完指指蛹。蛹好像聽

到米爺爺的話，一點一點裂開——一雙美麗的翅膀破蛹而出，在春風中緩緩展開。

可可豆變成了一隻大蝴蝶。

更神奇的是，當蝴蝶飛起來的時候，蔓蔓原本破碎的翅膀長出許多小芽，冒出葉片，不停的生長和蔓延。

米爺爺呵呵笑，「怎麼樣？蔓蔓長大了，翅膀也得換大點的。」

米爺爺解釋，付出的意義是：不是你擁有多少，而是你肯給多少。蔓蔓做得很好，即使只有兩片小薄荷葉，還是盡力呵護可可豆的生命。況且，葉子翅膀的最佳肥料不是別的，而是——眼淚。

說到這裡，蔓蔓忽然想起一整個冬天都沒看到桔桔。

他還在生氣嗎？蔓蔓和米爺爺道別，急急飛往桔桔的鳥巢，「桔桔？你在家嗎？」

桔桔被蔓蔓的叫聲吵醒，探出頭來。

天哪！春天來了！而這個蔓蔓怎麼變了一個模樣？

他睡過頭，覺得真不好意思。

冬天的被窩，暖呼呼。誰起得了床啊？

蔓蔓再次向桔桔道歉。

別的都可以遲到，道歉可不能遲到喔。

這回換桔桔不好意思了。其實他很喜歡蔓蔓，

而且他終於知道，蔓蔓不是故意偷懶的——她只是和自己一樣，醒來的「慢」一點。

作者說 留時間寫答案

一個句子的結尾可能是句號，也有可能是驚嘆號、問號等。同樣的，一段關係或一個歷程的結束也有許多可能性，留待時間來寫下答案。寫這個故事的時候正好是畢業季，願每一位畢業生帶著滿滿的祝福，踏上充滿希望的未來。

超馬童話作家 劉思源

一九六四年出生，淡江大學畢業。曾任漢聲、遠流兒童館、格林文化編輯。目前重心轉為創作，作品包含繪本「短耳兔」系列、《騎著恐龍去上學》；橋梁書《狐說八道》系列、《大熊醫生粉絲團》，童話《妖怪森林》等，其中多本作品曾獲文建會「臺灣兒童文學一百」推薦、好書大家讀年度最佳少年兒童讀物獎，並授權中國、日本、韓國、美國、法國、俄羅斯等國出版。

林世仁

天天貓：再見，也是開始

繪圖／李憶婷

天天貓靜靜坐著等我醒來。見我一睜開眼睛，牠連招呼也沒打，轉身就走向門口，還故意扭了一下屁股。

啊，牠背上的花斑只剩下一朵！

「要去哪裡？」我趕緊跳起床，心裡竟然晃過一絲擔心：這該不會是最後一次吧？

天天貓慵懶的往前一躍，跳出了門。

我趕緊追上。

咦，沒有變成睡衣貓？也沒有變成白文鳥？

我變成了風！一縷小小的微風。

「臭小子，別擋路！」一個粗嘎的聲音撞開我，往前衝。

我一回神，只看到它的尾巴。哇，好狂野

的一道風！

一縷淡藍色的風靠過來，「小心，跟好我！別被其他的風拐跑了。」

「天天風！」我開心的笑起來。

當風真好玩！咻一下就飛過都市，咻一下就飛過田野，咻一下就飛到高鐵上。再咻一下——咦，這一路南下，不就是我以前回眷村老家的路嗎？

果然，天天風在蓮池潭邊一轉，就轉進了我以前住的小眷村。小眷村藏在一個大村子裡，大村子口外，站著四十歲的我。

啊，那是好多年前的事了！聽說老眷村將被拆除，我特別趕回

去再看一眼。

一道鐵絲圍籬把大村子圍住，隔著一段路，瞧不到裡頭我出生的小眷村。

中年的我在圍籬外徘徊，好像不太敢進去。

我吹過去，推推他的背：「喂！圍籬沒鎖，不進去就看不到眷村最後一眼啦！」

他好像聽到我的催促，大起膽子，推開圍籬走了進去。

哇，雜草好高哇！都快遮滿馬路了。這裡是荒廢了多久呢？

前方，一群野狗從轉角處冒出來，一字排開把路擋住。牠們一隻隻抬起頭，好奇的看過來。

中年的我嚇壞了！慢慢往後退……退……退到圍籬外，趕緊把鎖扣上。

「你果然好——勇——敢哪！」天天風笑我。

唉，我能說什麼呢？事實如此。我被那一群流浪狗嚇到，失去了再看眷村一眼的機會。

天天風抓起我，一轉！

媽呀！我又看到那一群野狗。

這一回，牠們沒那麼安靜，全擠在一起，哀哀嚎叫。

牠們的聲音不斷被風雨聲打斷。

哦，不，不是同一群野狗。

因為我看到了瘋婆婆！她渾身濕透，努力想把倒榻的棚架撐起來。

一隻老野貓在旁邊憤怒的轉來轉去。

「一定是那個臭鬍子破壞的！」牠嘶嘶大叫：「前幾天就看到他在附近晃來晃去，原來是來搞破壞，大壞蛋！」

瘋婆婆沒說話，只是焦急著想撐起棚架，卻怎麼也沒辦法。

不遠處，我看到圍籬也被剪斷了，破出好大一個缺口，但是沒有狗跑出去。

天天風似乎看得火大，急呼呼的轉成一個小旋風。再一轉，就把我旋轉到了另一個場景。

好晴天，老野貓在流浪狗前頭走來走去，把牠們分成三小隊，開始發號施令。

「第一隊負責主攻！」一群大狗汪汪叫。

「第二隊負責協攻。」幾隻老狗奮力狂吠。

「第三隊負責吶喊助威！」一群腿不太方便的狗，扯開喉嚨大聲喊。

「人類太過分！」老野貓說：「不讓婆婆養你們，還害婆婆淋雨住院！」

「太過分！太過分！」狗群全憤憤不平。

「我的腿就是被人打斷的！」一隻狗忽然大叫，牠和幾隻狗坐在角落，沒在隊伍裡。

「我的腿是被汽車撞斷的！」又一隻坐著的狗大叫：「請幫我們報仇！」

「報仇！報仇！」其他狗全扯開喉嚨激動回應。

「好，今天晚上我們就下山。」老野貓環視大家，發出一聲嘶鳴，「一定要給那些捕狗人一點教訓！」

我看向天天風，「沒想到你這麼狠！接下來你要帶我去看狗咬人的畫面嗎？告訴你，我可不想去！」

「誰想去呢？」天天風一點也沒有老野貓的狠勁，反而顯得有些憂傷，好半天都沒動。

不知道哪裡吹來一股風，把我和天天風抱在懷裡，咻一下，把我們吹送到了另一個場景。

「啊！」我真想捂住眼睛，真想別過頭去。眼前的場景太嚇人，我好想把這個畫面快轉過去。

狗吠聲此起彼落，人聲四處喧鬧。野狗突擊成功？咬傷了人？

沒有。

那群被人類拋棄、咬牙切齒想報仇的狗群大隊，真的碰上了人，各個都猶豫起來。牠們嘴巴狠狠狂叫，腳爪卻都縮在原地。只有一兩隻豁了出去，真的露出狠牙往人撲去。其他的狗吠吠狂叫，全變成了吶喊大隊。

捕狗大隊像是算準了時間，迅速出現！他們手戴防護手套、腳穿長筒塑膠雨鞋。巨大的捕狗網像天羅地網，紛紛罩下。狗群一下分散，四處奔逃。哀鳴聲像到處奔竄的沖天炮，這裡、那裡，不斷回響。鬍子大叔指揮手下，把抓到的狗一一丟上車。

一個黑影忽地衝出，往鬍子大叔身上撲去。「死野貓！」鬍子大叔大手一揮，鐵棒一擊，正中老野貓的腦袋瓜——

我感到旁邊一股冷空氣襲來，一轉頭，發現天天風全身都在打哆嗦！

眼前的場景又變了。路邊一團黑影，一動不動。一個老農夫走過去，不久又折返回來，手上多了一根繩子。他蹲下來，雙手一纏

一繞，把黑影子吊到路邊的樹上。

啊，是那一株老榕樹！

「死貓吊樹頭，死狗放水流！」老農夫喃喃念了幾句，走遠了。

天天風似乎僵冷成了一股冰風，完全不動。

我不敢看它。

四周的空氣就像被凍

僵一般，毫無生氣。然後，我看到了小學四年級的我走過樹下。

「啊——！」我幾乎聽到那一聲從童年傳來的驚叫。

太可怕了！

怎麼有這麼可怕的事？死掉的動物不是應該埋起來的嗎？怎麼有人把貓吊在樹上？

小四的我嚇壞了！拔腿就逃。

樹前的空氣微微晃動。

畫面中，又出現好多小男生，對著樹指指點點，嘻嘻哈哈，還互相嚇來嚇去。

我想起來了！那幾天，揪團去看那隻「樹上的貓」，變成了男孩子之間的「練膽子遊戲」。我沒膽子，根本不敢跟。看著朋友回來，比手畫腳的好像在說鬼故事，我一點也不覺得有趣。

好半天，天天風像是「木乃伊風」，完全沒有反應。又是那一股奇妙的風吹開眼前的畫面，咦，我看到樹下又出現了小四的我。奇怪，我怎麼敢再經過那裡呢？我記得整整好幾個星期，我都不敢一個人走過那條路呢！

我看見小四的我根本不敢往樹上看，只是雙手合十，喃喃在念

什麼。

那股奇妙的風把聲音吹送了過來。

「對不起，我不敢碰你！」我聽見小四的我好像在摀著心跳說：「希望你原諒我們人類，祝福你轉世投胎到更好的地方去，不再受苦，不再痛苦！祝你平安！」

一說完，小四的我立刻撒開腿，快跑走了。

樹下僵冷的空氣緩緩鬆解開來，好像暖和了起來。

我不好意思看天天風，只感覺到它已不再顫抖。

那一股奇妙的風似乎又想吹動起來，天天風驚跳起來。「謝謝您！我可以自己來。」

它轉過頭，對我說：「臭小子，來吧！來讓你看一個大驚喜！」天天風「呼！」一聲旋轉開來，把我夾滾進去。那一股奇妙的風好像鬆了口氣，一塊跟了上來。

風景瞬間拉換，藍天上又出現一顆圓月亮！

女巫公主、花精靈、雲天使和許多森林小精靈，都圍著天天貓，開心的跳著舞。

「生日快樂！」「生日快樂！」「天天貓，生日快樂！」

「天天貓，恭喜你成就大圓滿！」

「天天貓，歡迎你完完整整的回到永恆之家！」

熱鬧的舞會歡騰了一整天。

奇妙的風輕輕吹，把這個過去的影像輕輕吹走。眼前空空盪盪，潺潺清泉默默的流動。

「臭小子，謝謝你！」天天風一個打轉，現出了原形。「有了你那時候的祝福，我的怨氣終於消解，可以完完整整的回到永恆世界，專心當我的女巫貓了！」

「什麼？」我彷彿明白了！小四的我幫了天天貓一個大忙。但是我仍然有一些迷迷糊糊，不太敢確定。

難道是那一件我都遺忘的往事，牽起了我和天天貓的緣份？那一路跟著我們的風忽地旋轉下來，也現出了原形。

啊，竟然是女巫公主！

「沒想到嗎？」女巫公主笑笑說：「我擔心天天貓沒法完成這一次回顧，所以陪著來了。」

「誰說我不行？」天天貓抗議，「我只是需要多一點時間而已。」

「對對對，是我太早出手幫忙了，不好意思啊！」女巫公主跟牠道歉，轉過身看向我，「謝謝你喔！你雖然膽子小，卻很有愛心。我和天天貓都很感謝你，天天貓說一定要去找你，好好報答你。」

吼！我忽然明白了！怪不得天天貓老是纏著我。來幫我？不對吧，是來嚇我吧！我正想回罵天天貓幾句，卻說不出口。

嗯，牠好像真的幫我消去了不少心中的陰影呢！

「等等，不對啊！」我又想到，立刻對天天貓抗議：「我怎麼也要被迫跟你回去看『你的過去』？」

「因為你們很有緣啊！正好牠幫你，你幫牠。」女巫公主笑起來，她緩緩看進我的眼睛說：「過去的，並沒有真正過去。我們可以隨時回去看看它，去疼疼它，去跟它和好喲！」

說得好玄哪！我好想說我聽不懂，心底卻湧起一絲溫暖的感覺。

「你該回去嘍！謝謝你。」女巫公主說完手一揮。

我這一縷小小微風忽地一個旋身，一黑一亮，我已經躺在家裡的床上。

天才剛剛亮！我又賴了一下床。

闔上眼睛，過去的點點滴滴像一幕幕畫片，逐一在眼前湧現。那小小的金龜子、那老愛追著我跑的同學、那一把帥氣的塑膠刀、那搬家的紙條……一件一件都像微風往事，吹送過來，又飄飛遠去……

從那一天開始，我再也沒有見過天天貓。

有時想起牠，我就忍不住猜想：

牠會不會又跳到哪一個幸運兒的窗口邊，要帶著他一塊「回去看童年」呢？

作者說

用善意擁抱世界的不完美

在這最後一篇故事裡，我解謎了天天貓為什麼要天天來找故事中的「我」。故事中「死貓吊樹頭」是以前的鄉村習俗，現在不會有人這麼做了。故事中的捕狗人「因應故事需求」扮演反派角色，其實他們沒那麼壞喲！尤其是現在的捕狗人都受過良好訓練，狗的權益也受到大家的關注。故事中，這個世界的不完美，在另一個世界得到了撫平。而對於我們能力做不到的事，只要心中存有善念，仍然可能發揮重要的影響喔！

超馬童話作家　林世仁

文化大學藝術研究所碩士，專職童書作家。作品有童話《不可思議先生故事集》、《小麻煩》、《流星沒有耳朵》、《字的童話》系列；童詩《誰在床下養了一朵雲？》、《古靈精怪動物園》、《字的小詩》系列、圖像詩《文字森林海》；《我的故宮欣賞書》等五十餘冊。曾獲金鼎獎、國語日報牧笛獎童話首獎、好書大家讀年度最佳少年兒童讀物獎，第四屆華文朗讀節焦點作家。

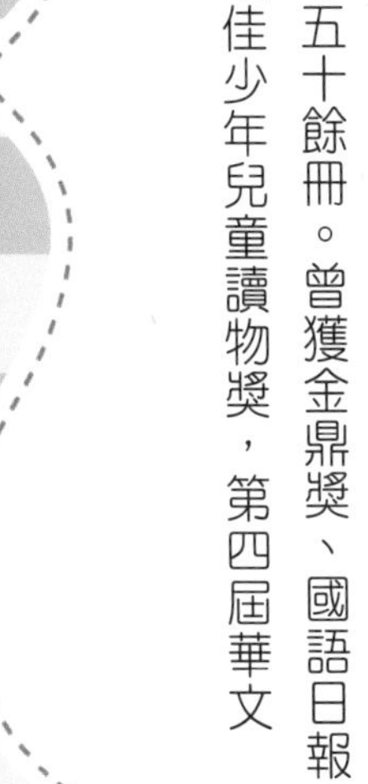

火星來的動物園：綁匪演習日

王文華
繪圖／楊念蓁

圖滿超市燈火通明，晚上十點鐘，啪的一聲，燈熄了，打烊了。

顧客回家，店員下班，鳳梨在打鼾，呼嚕嚕，呼嚕嚕。

啊，原來是警察在辦案。野豬警員化妝成鳳梨，他今天要來抓小偷。

這是圓滿經理報的案，說超市的香蕉天天都被人偷走了。

香蕉被偷的案子，警察局很重視。除了超市，農園裡的香蕉、菜市場攤子上的芭蕉，連小朋友營養午餐的香蕉，都被人偷個精光。

誰這麼忍心偷孩子們的香蕉？

而且，香蕉被偷光光，市場沒有香蕉賣，價格越來越高。

「野豬警員，香蕉大盜案，由你去辦！」警察局長特別叮嚀，「沒抓到香蕉大盜，你也不必回來了。」

鳳梨，啊！不！是野豬扮成鳳梨娃娃埋伏在超市。店員很忙碌，顧客很專心，

沒人發現，蔬果區那顆胖嘟嘟的鳳梨，竟然是警察。

埋伏著，埋伏著。

圓滿超市的冷氣好舒服。

埋伏著，埋伏著。

圓滿超市的時間過得好慢。

冷氣這麼涼，時間這麼慢，野豬警員的眼皮重了，瞌睡蟲找上門，最後就不知不覺睡著了。

大家都下班了，月亮出來了，野豬警員伸個懶腰，他也想下班了。

「哈！睡飽了……」

他忘了，他現在是被擺在貨架上的一顆大鳳梨，沒人看過鳳梨伸懶腰，結果他手一伸，鳳梨掉下貨架，咚咚咚咚彈跳起來，他先撞到一堆芭樂，芭樂滾到地上各自逃命，

後來一彈，鳳梨又碰倒疊成高塔的可樂。嘩啦啦，可樂倒下來，追著芭樂四處跑。

香蕉人偶恰好走過來，腳一滑，砰的一聲，跌倒了。

店員下班了，顧客回家了，超市裡頭，怎麼還有香蕉人偶？

香蕉人偶揉揉屁股，脫掉香蕉裝，啊！是一隻綠毛大野狼。

綠毛大野狼動作靈敏，往上一跳，跳到貨架，向上一挺，眼看就要跳到另一邊，咚

咚咚，從他身上掉下好幾根香蕉。

「香蕉大盜。」野豬來不及把鳳梨裝脫掉，他撲過去，抓到綠毛大野狼的後腿。

「別壓著我！」綠毛大野狼喊。

「你也別壓著我！」鳳梨野豬也喊。

「啊，不好意思。」綠毛大野狼急忙滾到一邊。

「受傷了沒？」鳳梨野豬趕緊站起，順手拉起綠毛大野狼，手銬一銬：「我以偷竊香蕉的罪名逮捕你。」

「我……我沒偷。」綠毛大野狼喊。

「小偷！」超市裡一陣騷動。

一個櫃子拿著槍指著大野狼。

啊，那是大象化妝的。

一排貨架抓著手銬，哦，貨架是犀牛隊長嘛。

猴子假裝模特兒，孔雀扮成雞毛撢。

「放下可憐的香蕉。」所有的動物大叫：「香蕉大盜，你被逮捕了。」

「我……我投降。」大野狼把火腿放下，自己銬上手銬，然後，笑嘻嘻的說：「你們的埋伏太厲害了，如果有小偷來，他一定認不出來。」

原來，這是警察局一年一度的演習，負責指揮的是犀牛隊長，

扮演香蕉大盜的是野狼警察嘛！

超市大門口，記者先生小姐們的閃光燈此起彼落，先照著假裝垂頭喪氣的野狼警察，旁邊高大英挺的犀牛隊長

發表演說，說明今年的治安如何成長，抓住多少小偷與大盜。

然後，他開始一個一個介紹警察局的成員。

化裝成櫥櫃的大象。

扮成椰子樹的長頸鹿。

假裝成模特兒的猴子。

還有鳳梨……

犀牛隊長回頭想找鳳梨，野豬警員扮成的鳳梨呢？

大家伸長了脖子，誰也沒看見鳳梨。

原本，野豬警員穿著鳳梨裝，排在隊伍

最後頭。他看著前面的隊員，一個個接受記者們的專訪，享受大家的掌聲，他排在隊伍最後頭，心裡不斷的想呀想，該說什麼呢？

「啊，這……這真的沒什麼！」他喃喃自語著。

「這是警察應有的能力。」他又想到了一句。

野豬雖然穿著鳳梨裝，還是努力的想著訪問時該說：「治安交給我，歹徒無處躲。」

或是：「野豬警員，保證安全。」

後頭這句比較有力，想到這兒，也快輪到他了，他正想把鳳梨裝脫掉，好讓大家看清楚他，但是，鳳梨裝有點小，卡住了。

他用力，嗯——依——啊……

「不可能，我剛才穿得下，現在就脫……得……掉……」野豬警員使盡吃漢堡的力氣：「我一定……可……」

吁——

他搖搖頭：「一定是剛才吃的第六個漢堡在作怪，或許等等消化完了……」

咦？野豬的身體竟然浮起來，飄在半空中，他低頭，四個黑衣蒙面人扛著他。

「謝謝你們，是犀牛隊長派你們來的嗎？」

「是啊是啊！」一個蒙面人說。

「為你服務是我們的光榮。」另一個蒙面人說。

結果，他們扛著他，從後門上了貨車。

貨車開動了，輕快的跑起來。一直到闖了六個紅燈，彎錯三個路口後，野豬警員才好心的提醒他們：「走錯了。」

「沒錯！」蒙面人說。

「我住在動物園裡。」

「我們不去動物園。」

「難道要我把送去飯店休息？」

「不，我們想把你送去高級西餐廳。」

「唉呀，早知道我就不吃六個漢堡。」

一個蒙面人靠近他：「沒關係，這樣我們才可以做更多個漢堡。」

其他蒙面人拿著繩子，笑嘻嘻的靠近他，把他捆成木乃伊的樣子。

星月無光，冷風冽冽，蒙面人的尖刀也是冷冷的。

貨車停在一家餐廳前面，他被扛進廚房，數十個廚師拿著大刀小刀菜刀和尖刀：「耶，綁匪演習，成功！」

「你們是綁匪？」野豬警員大叫。

「是啊！」

「我是警察！」

「我們知道啊。」

「這樣你們還敢抓我？」

「綁匪抓警察，這是多了不起的事啊。」

一屋子的綁匪全得意笑了，「今天是綁匪演習日，大團圓，大成功。」

「來，看前面，大家比個耶！」蒙面歹徒一指，餐廳門口啪啪啪啪的亮起一片閃光燈，那是記者。

「我是小偷日報記者，野豬警員請你談談被綁的心得吧？」

「野豬警員請看看這邊，跟強盜電視臺的觀眾揮揮手，大家都很想看看警察倒楣的樣子呢。」

閃光燈此起彼落，麥克風放在他面前，野豬警員退無可退，愣了一下，他終於想起來該喊什麼：「救命啊，救命啊！」

「別叫，別叫。」蒙面歹徒拿著尖刀，慢慢靠近他：「演習結束後，大家都想吃野豬漢堡。」

「不要哇，不要哇！」野豬開始跑起來了，他是一顆被綁成木乃伊的鳳梨，跑沒兩步，被椅子一絆，跌在地上，竟然開始滾起來。

咕嚕嚕，撞倒一排麥克風。

咕嚕嚕，撞倒成群的記者先生和小姐。

一時間，餐廳裡裡外外傳來刺耳的警鈴，不斷旋轉的紅色警示燈讓人心驚膽跳。

「警報，警報。」大喇叭裡，傳來蒙面綁匪的聲音：「野豬警員跑了，野豬警員跑了。」

砰！餐廳裡大大小小的門都打開。

咚！所有的歹徒全追出來了。

哨子聲、奔跑聲，撞到別人咚的一聲，伴著被人撞到的慘叫聲。

大喇叭負責指揮：「快快快，那顆鳳梨，不，是那頭野豬滾出大門口了。」

歹徒們朝著野豬而來，奔跑、跳躍和飛翔，用最快的速度……

咚咚咚咚！

四個蒙面綁匪跑最前面，他們狂奔的樣子就像高速運轉的坦克，撞破窗戶，撞倒真好吃餐廳的招牌，唰啦，招牌碎一地。

戶外的花園被踩壞了，地裡的老鼠也在逃命，不跑也不行，被歹徒踩一腳，烏龜也會變成一張紙。

地面在跳動，樹木在搖晃，滾在前面的野豬大叫：「別追來，別追來……」

咚的一聲，野豬警員撞到一面牆，咚咚咚咚，後頭的歹徒煞不住，一個個追上來，擠上來。

「我是第一。」有個蒙面人喊。

「別壓著我。」後頭有個聲音喊。

「叫你們不要擠！」一個聲音，悶悶的傳來。

最後頭的蒙面人拉下頭罩，啊，那是小白兔：「是誰在講話？」

「是前面的。」前面的歹徒是花豹。

「是更前面的。」花豹前面的蒙面人是大野狼。

「好像還在更前面。」河馬拉掉面罩把大野狼推開。

哇，最前面是犀牛隊長扮的蒙面人嘛，他的麥克風扁了，神奇的是，竟然還能用，他回頭一吼：「你們是要氣死我呀，叫你們不要擠不要急，現在又得重來。」

河馬很生氣，回頭瞪著大野狼：「你幹嘛推我？」

野狼說是花豹擠他，花豹怪兔子追

他：「一切都是你的錯，你在後頭急什麼急呀？」

小白兔後頭什麼都沒有，但他突然想到：「犀牛隊長，你不要這樣一直叫一直喊，害我嚇得亂跳亂跳的。」

犀牛隊長搖搖頭：「火星來的動物園演習日大失敗，大家回去再來一次。」

動物們垂頭喪氣回圓滿超市，忘了牆邊有顆被擠扁的鳳梨。

「誰幫我把鳳梨裝脫下來呀！」野豬警員幾乎快累癱了：「天哪！這個演習都演八次了，什麼時候結束哇？」

作者說　當遊戲結束不了……

玩遊戲時喊結束，是孩子最不想聽見的話，寫童話超馬時，我竟然也萌生這樣的想法，啊，真的結束了？八集耶，我的火星動物園還有好多有趣的點子，怎麼辦，怎麼辦？

但人生就是這樣啊，再好玩的派對，總要熄燈走人，再有趣的故事，總有落下句點……咦，如果句點一直落不下來呢？哇，那就又有了一個新的故事囉！

超馬童話作家　王文華

臺中大甲人，目前是小學老師，童話作家，得過金鼎獎，寫過「可能小學任務」、「小狐仙的超級任務」，「十二生肖與節日」系列。

最快樂的事就是說故事逗樂一屋子的小孩。小時候住在海邊，長大了到山裡教書，目前有間小屋，屋子裡裝滿了書；有部小車，載過很多很多的孩子；有臺時常當機的筆電，在不當機的時候，希望能不斷的寫故事。

王家珍

貓頭鷹和土撥鼠不說再見

繪圖／陳昕

離離草原上有個土撥鼠家族，每年春雷一響，土撥鼠大頭目就會警告大家：春天如曇花一現，夏天像電光朝露，秋天轉瞬即逝，但是冬天漫長難熬，外頭雪花飄飄、北風蕭蕭，只能躲在家睡覺。所以，地道出入口的瞭望臺要蓋得堅固、過冬的存糧要堆滿倉庫。

春天才剛開始，土撥鼠家族就進入「準備過冬」模式，偵察敵情的努力不懈、挖掘地道的勇往直前、儲存食物的盡心竭力，和螞蟻一樣努力，比蜜蜂還要勤快。

然而，樹多必有枯枝，鼠多必有怪咖兩三隻——土撥鼠小開、小溜和小醜，他們不喜歡聽令辦事，和大家格格不入。

小開和小溜力大無比、聰明伶俐，什麼工作都能做，卻什麼都不想做。大家揮汗工作時，他們想著要去哪兒蹓躂；合力搬運食物時，他們思考如何輕鬆省力，表面上遵守大頭目的命令，但是一有機會就開溜。

小醜是大頭目的孫女，明明長得漂亮，卻被叫做小醜，大頭目說這樣才不會招來嫉妒。

小醜很欣賞小開和小溜的冒險精神，如果跟得上，他們到哪兒她都想跟；如果湊得巧，他們做任何事她都要湊一腳。

春分那天，小開和小溜躲在牧草叢裡偷懶，小開一邊把玩他的寶貝鵝卵石，一邊抱怨：「春天百花齊開、太陽溫暖美好，大頭目杞人憂天，叫我們拼命工作，哪有時間好好享受生活？」

小溜一邊欣賞他珍藏的貝殼化石，一邊附和：「說什麼超前部署，根本就是沒事找事。」

「聽說跟著烏鴉往東走，就會走到沒有冬天、不必辛苦工作的東方天堂。」小開說。

「明明就是跟著白鶴往西走，就會走到不會下雪、不必存糧的西方淨土。」小溜說。

小醜突然撥開牧草叢溜進來，

秀出她剛找到的黃寶石。小開看了一眼說：

「那是野牛糞便的化石，快丟掉！」

小醜緊握石頭說：「你們都說錯了，應該是跟著野雁往南走，走到兩腳又麻又痛長水泡，就可以抵達冬天不會下雪的南方樂園。喂，你們要繼續在這裡作白日夢，還是去廢棄地洞區探險？」

小開和小溜互相使個眼色，一躍而起，往廢棄地洞區跑，他倆跑得很快，小醜只能遠遠追著他們的車尾燈。

大頭目說廢棄地洞區很危險，誰都不准去。但是他們三個滿腦子只想探險，心血來潮就去冒險，各自佔據一個廢棄地洞，當作祕

密基地。

那個春天和接下來的夏天，小開和小溜到廢棄地洞玩耍時，常常甩開小醜，不知道開溜到哪兒去，小醜找不到他們，不知道該做什麼，只能躲在自己的地洞生悶氣。

立秋那天，他們三個又溜到廢棄地洞區，速度最快的小開率先跳進一號地洞，小溜緊接著跳進二號地洞，過了好一會兒，小醜才跟來，跑向她的三號地洞。眼看小醜就要成功達陣，一股怪臭味直衝她腦門，當她看到洞口的便便堆時，想煞車已經來不及了，一頭栽進便便堆裡，摔了個「鼠」吃屎。

小醜站起來拍掉身上的沙土和便便，氣得大罵：「是哪個不識

相又沒衛生的，在我家洞口堆這麼多便便？」

「這是我家，快滾開！」洞穴貓頭鷹大叫著，從旁邊紅莓叢跑出來，她高高飛起，張開銳利爪子，往下俯衝。

小開從地洞冒出頭大叫：「小醜，快逃！」

雖然土撥鼠的身材比洞穴貓頭鷹高大，但是貓頭鷹的爪子比死神的鐮刀還要銳利，小醜知道跑不掉，只能雙手抱頭、臥倒在地。

小溜也從地洞冒出頭大叫：「小醜，進地洞！」

小醜驚嚇過度、無法動彈，幸好貓頭鷹的目標不是小醜，而是緊跟在小醜背後，正要偷襲她的獾。

高壯凶狠的獾只差三步就能咬住小醜的屁股，但是貓頭鷹的利爪只差一步就會刺進他的雙眼，獾往旁邊翻滾幾圈，躲過貓頭鷹致命的一擊之後，一溜煙鑽進小溜的地洞，趴在地上不敢動彈的小醜，聽到地洞傳來獾可怕的吼叫聲。

小醜豐富的想像力就像新聞臺的SNG車，不斷傳輸恐怖的畫面，她彷彿看見獾咬斷小溜的喉嚨，把他吃得只剩下毛皮和骨頭。

小醜嚇得直發抖，幸好那隻凶巴巴的貓頭鷹已經不知去向。

過了一會兒，嘴角沾滿血跡的獾從洞裡出來，緊接著鑽進小開的地洞，洞口立刻冒出陣陣土塵，還傳來獾的怒吼。

「獾才剛把小溜吃掉，現在又跑去吃小

開！」小醜的想像力再度啟動，腦中傳來獾一口咬破小開圓滾滾的肚皮，把他吃乾抹淨的畫面。小醜嚇得發抖，哭了起來。

獾在地洞待了好一會兒才出來，也許是接連吃掉小開和小溜，肚子又圓又鼓，步履蹣跚，消失在幾塊大石頭後方。

小醜鼓起勇氣，爬回地洞。

藏身在灌木叢後面觀察動靜的貓頭鷹，小跑步跟在小醜後面鑽進地洞。

小醜的地洞有兩個凹槽，右邊的用來打盹睡覺，左邊的拿來儲存食物，她爬進左邊凹槽，把頭擱在食物堆上哭泣。

隔壁傳來「嗚——嗚——」的叫聲，好像跟她一起哀悼小開和小溜被獾吃掉，小醜愈聽愈難過、愈哭愈大聲。

貓頭鷹衝進來大叫：「別哭了！你的哭聲真難聽，我的寶寶被你吵到睡不著，這是我家，你快滾出去！」

小醜指著食物堆說：「儲藏室裡擺滿了我愛吃的堅果和紅莓，說明這是我家，不是你家。」

貓頭鷹說：「洞口擺滿了野牛便便，我的寶寶在這裡出生，餐餐吃得飽，個個長得好，證明這是我家！」

小醜說：「你這個當媽媽的，竟然讓寶寶吃大便，真噁心！」

貓頭鷹說：「他們吃的是躲在乾牛糞下的昆蟲，不是大便！」

小醜說：「你讓寶寶吃肚子裡裝滿野牛大便的昆蟲？太噁心

了，你們絕對不能住在這裡。」

貓頭鷹跟土撥鼠吵了起來，小醜說她先發現這個地洞，凡事都該遵守先來後到的道理。貓頭鷹說投票表決最公平，寶寶也有投票權，少數要服從多數。

公說公有理、婆說婆有理，貓頭鷹遇到土撥鼠，有理講不清。她們兩個吵到又累又睏，只能暫時各退一步，貓頭鷹一家住右邊，小醜住左邊。

貓頭鷹寶寶在那邊吵鬧，小醜在這邊哭叫：「小開和小溜來不及跟大家道別，也沒有和我說再見，就被獾吃掉了，他們好可憐！」

貓頭鷹寶寶被小醜奇特的哭聲嚇到縮成一團。小醜愈哭愈大聲：「該怎麼跟大家說，小開和小溜被獾攻擊的時候，我就在旁邊『聽』著他們被吃掉，什麼事都沒做，我真沒用，天哪！」

貓頭鷹探頭過來說：「別哭了，你那麼大一隻，怎麼會哭得這麼可憐兮兮的？」

「誰說長得大隻就不能哭？難道長得胖就不能可憐兮兮？其實我很苗條，只是頭髮比較蓬、毛比較多……」小醜哭得更慘了。

貓頭鷹考慮了一百年那麼久，慢慢踱過來，輕輕啄著小醜的頭頂，說：「土撥鼠碰到獾，就像老鼠遇到貓，只能逃，你是勇敢的土撥鼠，不要難過了。」

小醜一時情緒失控，翻身坐起來，抱著貓頭鷹，大哭一場。

貓頭鷹不習慣跟土撥鼠抱抱，尷尬的看著洞穴頂端，沒再說話，等小醜哭到一個段落，兩手稍微放鬆，馬上抽身退開。

貓頭鷹問：「想想看，如果今天是你被獾吃掉了，小開和小溜會怎麼做？」她希望這個問題能轉移小醜悲傷的情緒。

「小開和小溜勇敢又愛冒險，一定會想辦法去南方樂園。」小醜說。

「明天我陪你去他們的地洞瞧瞧，也許能找到一些線索。」貓頭鷹說。

第二天，貓頭鷹和小醜分頭鑽進兩個地洞，小溜的地洞入口是個大陸坡，小醜一鑽進去就往下滑、鼻頭撞上牆，痛得大叫。

地洞裡滿是堅果碎屑和爛掉的紅莓，沒有吃剩的毛皮與骨頭。

地洞的左側有個狹窄的地道，她鼓起勇氣鑽進去，走不到二十步就撞到一隻毛茸茸的怪東西，她嚇得尖叫連連，聽到毛茸茸的東西發出「嗚——嗚——」的叫聲，幸好是貓頭鷹！

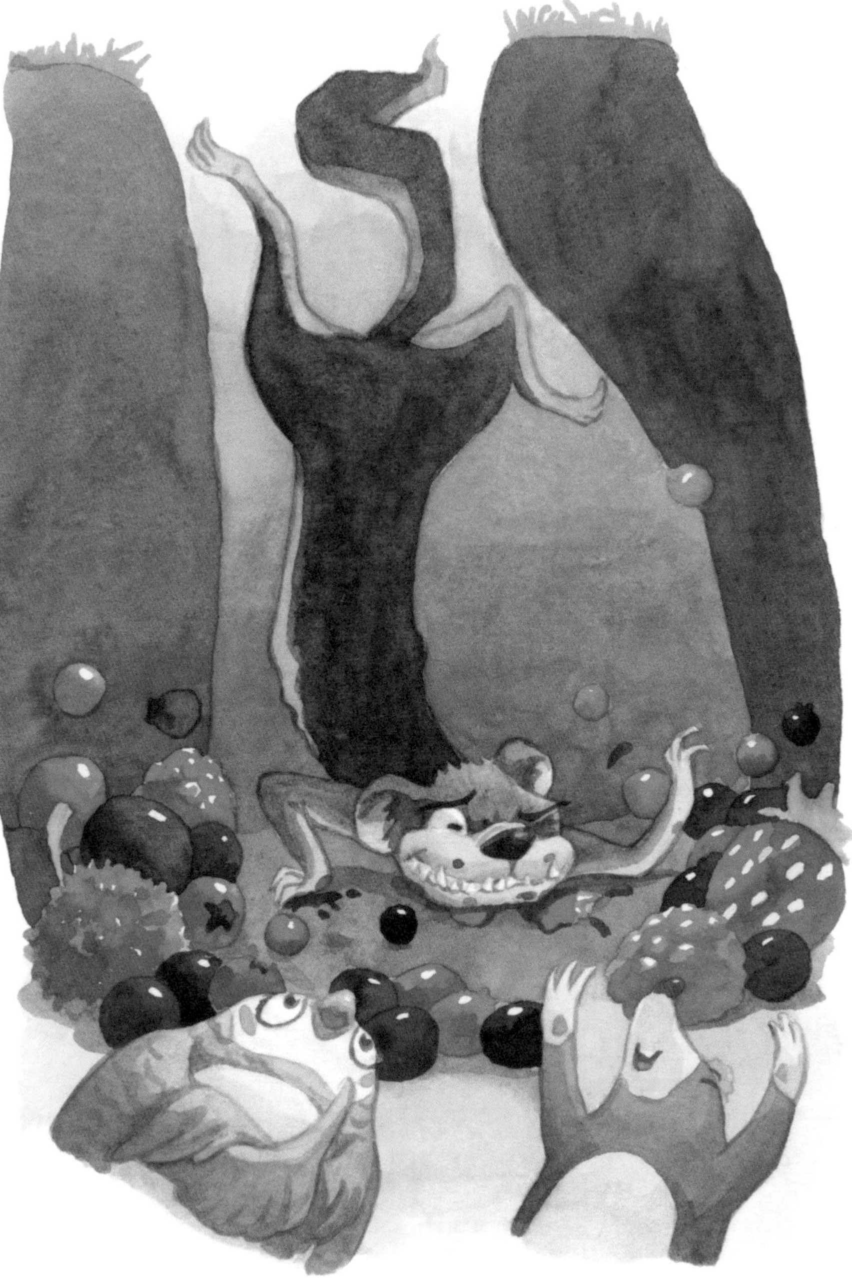

「沒想到這兩個地洞相通。他倆前陣子常常搞失蹤，原來是瞞著我偷挖祕道。」小醜靈光一閃，說：「我知道了！獾鑽進小溜的地洞發出吼叫聲，肯定是滑下陡坡、鼻頭撞上牆；獾的肚子圓滾滾，因為裝滿了小開和小溜的存糧，鮮紅的嘴角是沾到紅莓汁……他們沒有被獾吃掉，他們開溜了！」

「沒錯，這條地道太窄，肥胖的獾進不來，小開和小溜在地道會合後，也許真的去南方樂園探險了，你趕快跟上。」貓頭鷹說。

「不行，如果我不告而別，跑去南方探險，大頭目一定很擔心。再說，沒有小開和小溜帶頭，我要當誰的跟班？」小醜不肯往前走。

「勇敢跟著夢想走，不必當誰的跟班。我會幫你傳訊息給土撥鼠家族，不是我吹牛，貓頭鷹是最好的信差，比鴿子還聰明……哎喲，好痛！」貓頭鷹一腳踩到圓石頭，另一腳踩到尖銳的東西，不得不暫停吹噓。

「是小開的鵝卵石和小溜的貝殼！」小醜開心的又叫又跳，「這是他們留給我的訊息，他們還活著。」

貓頭鷹說：「他們留下珍藏的寶貝，就是希望你跟去找他們。」

小醜點點頭，往前跑了幾步，又折回來說：「你真好，謝謝你。」

「等小貓頭鷹學會飛，我們南方見。」貓頭鷹說。

小醜看著貓頭鷹，往前跨兩步，緊抱住貓頭鷹。

貓頭鷹大方接受了「再見抱抱」，她把頭擱小醜肩膀上，輕聲說：「一路平安，有緣會再見。」

＊

在聖誕夜晚，南方公園的金星馬戲團正熱烈開演。

今天晚上的壓軸好戲，是大老虎泰格第一次表演跳火圈，火紅狐狸坐在第一排，跟旁邊的浣熊討論節目內容，喜歡接地氣的土撥鼠小開和小溜，窩在他們座位底下的地洞看表演。

馴獸師的皮鞭聲響起，大老虎起跑、跳躍，就像一支飛箭，筆

直射過火圈。

他輕巧落地，繞場小跑一周，又跳上高臺，翻滾著跳過另一個火圈，表演非常精采，金星馬戲團的頂篷幾乎被掌聲震破。

「大老虎好帥！」小開大聲歡呼。

「大老虎好酷！」

小溜歡欣雀躍。

「大老虎！你好帥！我好崇拜你！」小醜擠進小開和小溜中間，高聲呼喊！

「小醜，你來了！」小開笑著抱住小醜。

「小醜，你終於跟上了！」小溜緊緊抱住小開和小醜。

小醜閉上眼睛享受久別重逢的擁抱，幸福的感覺從心底滿到喉嚨，她說：「你們兩個聽好了，沒說再見，誰都別想開溜！」

馬戲團的表演結束了，大家陸續離場、互道再見，這個故事結束了，另一個精采的故事卻正要開始。

作者說

再見以後 有聚也有散

小三時，好友搬家轉學，儘管她只是轉到幾條街口外的小學，對我們而言，彷彿這輩子不會再相見，難過到了極點。沒幾年，我們就在國中校園重逢，卻已經是陌生人，沒有交集。

第一次和朋友說再見，真是痛徹心扉、世界末日。年紀漸長、說了很多次再見之後，慢慢發現人生就是不斷的相遇與告別，好好把握相聚的時刻，到了不得不說再見的時候，才不會遺憾。

當然，如果能像土撥鼠小醜一樣，勇於追尋不放棄，自己延長緣份的長度就更棒啦！

超馬童話作家

王家珍

王家珍，澎湖人。擔任過漢聲小小百科編輯、兒童日報新聞編輯和老師。開心快樂時，偶爾把創作童話這回事拋在腦後；鬱卒難過時，立刻用創作童話療傷止痛；過年過節時，總會寫篇童話慶祝一番。

黑貓布利：再見布利

賴曉珍

繪圖／陳銘

布利在酪梨小姐的甜點店工作快一年了。最近，他常常想起爸爸媽媽，也常常夢見貓島。

他想，是不是該回家了？

有一天，布利打開店門，看見一張熟悉的大臉衝著他笑。

「哈姆！你回來啦。」布利大叫。

哈姆是之前在對面開麵包店的外星狗，後來跟酪梨小姐學做甜點，成了布利的師弟。

「我來好久了。」哈姆打個大呵欠說：「昨夜我抵達後，一直站在這裡等你開門。你怎麼這麼晚才開店門啊？」

布利說：「我準時十點開門哪！倒是你，來了為什麼不通知一聲，竟傻傻的站在外頭等？你等什麼呀？」

哈姆噗嗤一笑說：「我在等你突然看到我時，一臉驚喜的表情啊！對啦、對啦，就是你剛剛那樣子。」

布利哈哈笑說：「哈姆，你竟然為了這種事願意在門外站幾個小時，果然是與眾不同的外星狗哇！」

他拉著哈姆進店裡。酪梨小姐正在

後頭的烘焙廚房工作，一看見哈姆，驚喜得差點打翻一盤剛出爐的餅乾。

「哈姆！你怎麼這麼久才來看我們？」酪梨小姐問。

哈姆說：「因為你教我做的甜點太受歡迎，我的店生意太好了，忙得根本沒空來。如果不是因為烘焙食材不夠，必須來地球採購，恐怕不曉得要等到什麼時候才能來。對了、對了，酪梨小姐，我還要跟你多學幾道甜點喔！」

「沒問題！」酪梨小姐說。

「還有件事，我以前的那間店鋪，現在變成一家咖哩店了。什麼時候租出去的呀？」哈姆問。

「那是阿宏的咖哩店。」布利呵呵笑著說：「哈姆，跟你說，阿宏是酪梨小姐的男朋友喔！」

「什麼？酪梨小姐的男朋友？布利，快說給我聽！」

酪梨小姐臉紅了說：「你們兩個好壞！對了，哈姆，阿宏說他的地下室裡有些怪怪的機器，不曉得是不是你當初沒帶走的？你要不要去看看，這次順便帶回去？」

哈姆說：「對啊，我當初還留了些物品，想趁這次一起帶走，那我就跟酪梨小姐去拜訪這位男朋友阿宏吧！」

說完，哈姆跟布利哈哈大笑，酪梨小姐臉更紅了。

哈姆這幾天住在酪梨小姐家，跟布利一起工作、學習，布利覺得好開心。

一個星期後，哈姆說想回家了，布利好捨不得。

哈姆說：「布利，你要不要跟我到狗星球玩？」

「我？」布利想了想說：「你的意思是，我可以搭你的太空船去旅行嗎？」

「當然！」

布利兩眼閃閃發亮說：「太好了。哈姆，那你可不可以帶我回家？我好想念爸爸、媽媽喔！」

「沒問題！」哈姆說：「搭我的太空船，一下子就到貓島了，你恐怕會抱怨沒坐過癮呢！」

布利去告訴酪梨小姐這個好消息。可是，她的反應不如布利預期，似乎有點難過。

酪梨小姐說：「布利，你為什麼要走？是不

是我最近忙著……忙著談戀愛，忽略你了，所以你不想跟我一起工作了？」

布利哈哈笑說：「我只是回去一趟，又不是永遠離開。嗯，就當成是休假回鄉探親吧！」

酪梨小姐鬆了口氣說：「嚇我一跳，還以為你回貓島就不來了呢！」

哈姆說：「酪梨小姐放心，我保證會把布利完整無缺的帶回來還你。」

酪梨小姐笑了說：「布利，你難得回家一趟，記得多帶些禮物回去喔！對了，你要送媽媽的布利乳酪，我去幫你多買一些。」

布利說：「不能買太多啦，我家沒有電冰箱，布利乳酪吃不完會壞掉。」

「那我給你帶個小冰桶裝，如何？」酪梨小姐說。

哈姆說：「放心，我的太空船上有很多冰箱，而且不需要用電喔！可以送一部給布利的爸爸、媽媽。」

「真的？太好了！」布利跳起來說：「狗星球的冰箱真了不起，那我可以帶好多布利乳酪回去了。」

酪梨小姐也開心的說：「對呀，太好了。布利，你順便帶自己做的泡芙、鮮奶油蛋糕和甜點回去，記得說是你做的喔！」

布利點點頭，覺得自己太幸運了，酪梨小姐跟哈姆對他好好。

一切準備就緒，回家的時刻到了，布利除了帶回一冰箱的禮物，還帶著上次到花城時，花店女老闆送酪梨小姐的那盆迷迭香。

哈姆好奇的問：「布利，這也是禮物嗎？」

布利點點頭說：「對呀，之前有客人說，迷迭香在海邊也可以長得很好，所以酪梨小姐建議我帶回去種。當爸爸捕魚回來，看到迷迭香在海邊等他，心情一定會很好。」

哈姆說：「布利，你真是體貼的孩子。」

道別的時候，酪梨小姐哭得淚眼汪汪。布利說：「我很快就回來了，你不用那麼難過呀！」

酪梨小姐說：「我知道哇，但我就是受不了分離說再見，每次

總要傷心的哭一場。」

哈姆說：「對呀，上次我要回狗星球時，你也是哭得一把鼻涕一把眼淚。酪梨小姐果然很不擅長說再見呢！」

其實，布利也依依不捨，明明知道自己過幾天就回來了，但是心裡也很難過。可是，他畢竟是「男子漢」，總不能像酪梨小姐那樣大哭，會被哈姆笑的。

布利第一次搭太空船，覺得什麼都稀奇。

「哇！哈姆，你的太空船好酷喔，裡頭的設備好先進。」布利東摸西摸，連連讚嘆。

哈姆說：「哪裡呀，這艘太空船已經是老古董了，我最近準備

換一艘新的呢！」

「啊！這麼棒的太空船你竟然不要，真可惜。」布利嘆口氣說。

哈姆不懂布利為什麼對這麼老古董的太空船讚不絕口，等到了貓島，看見那裡什麼都沒有，終於懂了。

布利突然回家，爸爸、媽媽驚喜萬分，高興得都哭出來了。

哈姆從太空船搬下來一部冰箱，還有滿冰箱的布利乳酪跟甜點、泡芙、蛋糕，送給媽媽。

哈姆跟媽媽說：「這是我們狗星球的冰箱，不需用電，只要常常摸摸它、說謝謝，它就會認真工作喔！」

布利說：「有了這部冰箱，爸爸捕的魚也可以放進去保鮮了。」

爸爸嘆口氣說：「布利呀，貓島附近的海域幾乎捕不到魚了，我現在不出海了。」

布利說：「爸爸、媽媽，那你們要不要跟我一起搬到城市住？」

爸爸說：「我們很喜歡貓島，儘管這裡捕不到魚了，但是我改種蔬果，不怕挨餓，日子過得挺好。」

媽媽說：「是啊，如果搬離貓島，以後晚上睡覺時聽不到外頭的浪濤聲，看不見海邊的日出、夕陽、月亮跟星星，我會很懷念的。而且，哪天你的哥哥、姊姊也可能回來探親，如果他們看不到我們，肯定很失望。」

布利說：「這樣啊！原來爸爸現在改當農夫了。對了、對了，

我帶回來一盆迷迭香，爸爸可以種下它喔！」

「太好了！」爸爸說：「我正想培育一塊香草園，種些料理和藥用的香草。看來，布利帶回來的迷迭香是一個好兆頭，催促我快開始吧！」

布利回來這幾天，陪著媽媽聊天、做菜，也和爸爸到田裡工作。哈姆力氣大，還有許多狗星球的超級工具，幫了爸爸不少忙呢！

過幾天，布利和哈姆要回去了。哈姆在狗星球上的甜點店已經休息太久，必須回去開店了。

說再見的時候，布利已經不像第一次離家時那麼難過，爸爸、媽媽也沒流眼淚，因為他們知道布利還會回家，而且他在酪梨小姐的甜點店工作很順利，一直在學習與進步。

布利和哈姆搭上太空船，很快便回到大城市。

酪梨小姐像是猜到他們要回來了，準備了一個大蛋糕在等待，而阿宏也帶來了美味的咖哩料理。

能這樣和好朋友在一起真好，布利心裡想，真希望大家永遠不要分開，時間能永遠停留在這一刻。

不過，哈姆一定要回去。他是第一個向大家道別的。

他跟布利說：「下次我會駕駛新的太空船來，並把舊太空船送給你，你就可以常回貓島了。不過，要先找個可以長期停放太空船的地方喔！」

布利開心的說：「哈姆，謝謝你！」

阿宏說：「布利放心，我那邊的地下室清空了，可以借你停放太空船。」

布利更開心了，覺得大家都對他好好喔！

哈姆和阿宏離開後，店裡只剩下布利跟酪梨小姐。

酪梨小姐一邊收拾餐

盤，突然說：「布利，我真高興你回來。店裡有你真好！」

布利點點頭說：「我也很高興回來酪梨小姐的甜點店哪！」

酪梨小姐放下手中的盤子，坐下來說：「這幾天你不在，我想了不少事情。我覺得，無論大家在一起感情多好，總有一天任何事物都會結束，都有說再見的一天。」

布利也坐下來說：「可是，我們不是又見面了嗎？說再見時會難過，可是等到再見面時很開心哪！」

酪梨小姐說：「是啊！說再見雖然令人難過，但也讓人對下一次的相見充滿期待。就像我們期待哈姆再來，你的爸爸、媽媽也期待你再回去。不過，總有一天，說再見就是真的結束，永遠沒有相見的那天了。比如說，一本書翻開了第一頁，總會讀到最後一頁、結束。有一天，我的甜點店也許會結束營業，或是你也會離開這裡，自己開店當老闆……。」

「啊！不要不要，我不想離開酪梨小姐的店。」

「布利，你果然還是小孩子。沒關係，將來你會懂的。我只是想說，如果結束了也不可怕，因為結束了才有新的開始啊！就比如剛才的例子，因為一本書讀完、結束了，你可以再翻開另一本新書，不也很好嗎？」

布利說：「我還是不懂這有什麼好？總之，我希望永遠和酪梨

小姐、哈姆、阿宏在一起。」

「哈哈！沒關係，我們現在不是在一起嗎？在一起時就要好好珍惜，享受當下！」酪梨小姐站起來說：「布利，我真高興當初你來我的甜點店。」

布利也站起來說：「我也覺得，當初能遇見酪梨小姐是件多麼幸運的事啊！」

作者說

分別是為了學會活在當下

有句諺語說：「天下無不散的筵席」，在人生旅途中，總會不斷的經歷各種聚散離合。

年輕時，無論是在機場、車站與家人道別，或是在一家小店門口與好友說再見，我常感到悲傷，因為那些再見，很可能就是好久不見或永遠不見了。

現在隨著年紀增長，我慢慢懂了，人生的分離其實是為了讓我們學習，學會珍惜每次相遇的人、事、物，也學會珍惜生命，並活在當下！

超馬童話作家

賴曉珍

出生於臺中市，大學在淡水讀書，住過蘇格蘭和紐西蘭，現在回到臺中專心當童書作家。寫作超過二十年，期許自己的作品質重於量，願大小朋友能從書中獲得勇氣和力量。

曾榮獲金鼎獎、開卷年度最佳童書獎（橋梁書）、九歌現代少兒文學獎，其他得獎記錄：九歌年度童話獎、國語日報牧笛獎、好書大家讀年度最佳少年兒童讀物獎等，已出版著作三十餘冊。

恐怖照片旅館：我們並沒有再見

顏志豪
繪圖／許臺育

有時候，總覺得和爸媽之間，變得容易吵架，沒有以前親密，我甚至懷疑自己是不是他們親生的兒子。

不知道怎麼回事，或許是長大的關係吧？

不過，也可能是因為兔子小姐的事讓我心神不寧。我背棄她，把她丟在照片旅館裡，自己逃了出來……

自責的可怕情緒，像鬼魅一樣，總在我的腦中徘徊，趕也趕不走。

說也奇怪！既然所有的鬼照片都消失了，為什麼我還沒忘記兔子小姐呢？

莫非，鬼照片沒有全部消失！那麼兔子小姐肯定還活著了。

我內心非常複雜，或許「鬼相機」可以給我答案。

現在，我應該跟鬼相機一決勝負，做個了結，不該再逃避！就算兔子小姐死了，我也要把它銷毀，避免它再傷害別人。

我忍受不住罪惡感的折磨，管不了現在是半夜，帶著斧頭，在庭院裡試圖把鬼相機挖出來。

沒想到我的舉動，驚擾了爸爸，「那麼晚了，你到底在幹什麼？」

鬼相機在召喚我，要我把它挖出來？我似乎中了邪，有一股莫名的力量操縱著我。

「吉米三世，你醒醒。」

爸爸奮力拉著我，把我硬拖進屋裡頭，然後壓制我，直到我沒辦法反抗。

我累了，沉沉睡了過去。

不知道睡了多久，當我張開眼睛，發現爸爸睡在我的房間，爸爸的胳臂環繞著我，似乎怕我掙脫。

我試圖把他的手移走，爸爸再度用力，我喵嗚了一聲。

「好痛！」

爸爸不肯放手。

爸爸弄得我更痛了，我再度掙扎。

爸爸醒了，口中喃著：「請你饒了我的兒子。」

「爸爸，我是吉米三世。」

爸爸睜開眼睛，有點激動，眼睛泛淚，「你真的是吉米三世。」

我點頭。

爸爸擁抱著我，「你害我擔心死了，可以告訴爸爸，發生什麼事嗎？」

我把鬼照片和照片旅館的事告訴爸爸，像是說了一個很長的奇幻故事。

他時而沉默，時而驚呼，「為什麼這件事沒有早一點告訴爸爸？」

「我不知道怎麼跟你們說。」

「依我看來，兔子小姐應該沒有消失。」

「真的嗎？」

「當然，否則你應該忘了一切，現在也不可能告訴我這些故事。」

我有點激動，「鬼照片應該全部消失了。」

「確定？看來，我的攝影教學並沒有成功。」爸爸吊著吉米三世胃口。

突然，我靈光一現，「對吼，我怎麼沒想到還有底片呢？」

「不愧是我的兒子。」爸爸喵嗚一聲，一副得意的樣子。

不過，我立即提出一個疑問，「爸，火災的時候，不是全部的東西都燒毀了嗎？底片還在嗎？」

我的質疑像是一根大鐵鎚，直接敲在爸爸的腦袋瓜上，他的確是一個少了根筋的貓。

半晌，他又露出一個得意的表情，「跟我來吧。」

搞不懂爸爸有什麼把戲，我跟在後頭。

跟隨著爸爸的腳步，我來到他的工作室。跟以前的暗室不同，新蓋的工作室，除了原來沖洗照片的配備外，現在多了一臺電腦。

爸爸打開電腦，不知道在搞什麼把戲。

湊近螢幕一看，這些都是照片的檔案夾，爸爸選擇一個檔名「回憶」的檔案夾。

當檔案夾打開的時候，一張張的照片整齊的排列在螢幕中。

「你看清楚這是什麼了嗎？」

我嚇了一大跳，「這不是鬼照片嗎？」

「沒錯，為了

防止底片壞掉，我全部掃描放在雲端硬碟備份。」

雖然是底片，但是我還是認得出第一次進照片旅館的那張照片，心情很激動。

「這就是照片的魔法，永久保存你的回憶。」爸爸拍拍我的肩膀。

「兔子小姐還在嗎？」

「我不知道，只知道兔子小姐是你的朋友，現在你必須救出她，用盡全力幫忙她。」

對於爸爸的話，我相當吃驚。他沒有責備我，還鼓勵我幫忙，早知道就早點跟爸爸坦白一切。

「我想你的朋友還在等你。」
「只要在鬼照片中找到門，就可以進去。」
移動滑鼠，找到之前進入照片旅館的那些照片，我發現門都不見了。
「怎麼辦呢？」
「敲門哪，快敲門哪！」爸爸的語氣有點急。
「但是我找不到門。」
我回頭看爸爸，沒想到他手上拿著鬼相機，一副詭異的笑。
「爸爸，你什麼時候？」
他拿著鬼相機，想要拍我，我知道當快門按下去的霎那，我就會像兔子小姐，永遠——

突然，我聽見電腦裡頭出現兔子小姐的聲音聲音，「吉米三世，快進來。」

有一張全黑的底片……我的手不斷顫抖，好不容易對著那張黑底片，敲了敲。

嘰乖——是門打開的聲音，一隻手把我拉進電腦裡，邪惡的爸爸按下快門，閃光燈一閃。

幸運的，我沒被抓到。

照片旅館變得不大一樣，它失去了顏色。

「這到底是怎麼回事？」我驚魂未定。

「似乎我們都被鬼相機控制了，我們必須逃離這個地方。」

一看見兔子小姐就站在眼前時，我的眼淚再也克制不住……我抱了她許久，「對不起，我把你丟在這裡，我好想你。」

「我也好想你！。」

我們說了好多話，我真的好喜歡她，現在我們都知道了，一切都是鬼相機的計謀，他無時無刻都在找機會囚禁別人。

「我們該怎麼做？」我問。

「你願意和我一起打這場戰爭嗎？」

「當然。」我給兔子小姐一個大擁抱。

兔子小姐哽咽，她繼續說著：「你知道嗎？如果這場戰爭贏了，我們就真的要分離了。」

「那我們就不要贏。」

「不行，你還有家人與朋友等著你，我們一定要打贏這場戰爭，你爸爸正受到鬼相機的控制，你必須救他。」

我不知道怎麼回覆。

「你可以陪我到照片旅館中的每個房間走走嗎？」

「嗯。」

我們手牽手，一個樓層一個樓層爬，她熟悉的打開每一個房間，細數著她當時在這個房間的回憶。

雖然這些房間都是爸爸所拍攝的鬼照片幻化而成，這應該是我和家人的共同回憶；不過霎那間，我覺得這些根本全部是她的故事。

我陪伴著她，聽她說著一個又一個的故事，也回憶起我和家人之間的點點滴滴。

雖然我們在一個黑白的世界，不過我們透過回憶填補了全部的色彩。

回憶總是最美，好美！

花了一段時間，我們分享著彼此在照片旅館的回憶，這是我這一輩子最快樂的事之一。

「謝謝你一直陪著我！」兔子小姐突然給我一個吻。

我臉紅了，我也吻了她。

突然，世界瞬間都黑暗了。

「戰爭開始了。」兔子小姐說。

「發生什麼事了？」

「應該是你爸爸把電腦關機了，或是把鬼照片全刪了。」

我嚇壞了，「我們會永遠被關在這裡？我們該怎麼辦？」

「我也不知道，」兔子小姐說，「我相信一定有辦法。」

其實，我們兩個根本被困在這裡，一點辦法都沒有。被鬼相機迷惑的爸爸，恐怕無法再想起他的兒子還在這裡。

突然，「吉米三世，你聽得到我的聲音嗎？」

是媽媽的聲音！

「媽媽，你在哪裡？」

「太好了。」她的聲音無比激動，哽咽哭泣。

聽到她哭，我也好想哭。

「聽好了，狐狸巫婆透過水晶球讓你聽到我的聲音，媽媽會想辦法救你出去。

此刻，我感受到媽媽對我的愛。

「爸爸好像怪怪的！」媽媽持續哭泣。

「對不起。」

「孩子，沒事，媽媽的同學會幫我們，她一定會想辦法救你的。」

「同學？」

「就是狐狸巫婆。」

原來如此，難怪媽媽總是要我去找狐狸巫婆，也不怕我被狐狸巫婆吃掉，甚至要我住她家。

後來媽媽的聲音斷了，過了一會，出現狐狸巫婆的聲音，不過相當的模糊，「三世，你必須找出照片旅館中現在唯一存在的門，才能獲救。」

聲音斷了，再也沒出現。

我和兔子小姐繼續待在黑暗之中。

「你會記得我嗎？」兔子小姐問。

「永遠不會忘記你。」

「謝謝你，」兔子小姐又親了我一次，「吉米，請在我的心上敲門吧，那是唯一的機會，我的心門將帶你平安回家，這是照片旅館僅存的出口。」

「你呢？」

「我累了，我也想回家了。」

「你家在哪？」

「我的家在天堂，那裡有很多天使會照顧我，你不用擔心。」

「我捨不得。」我的眼淚不爭氣的不停掉落。

「別擔心，我相信總有一天我們會再見面的，」兔子小姐牽著我的手，「再見不是結束，而是全新的開始。」

兔子小姐牽著我的手，敲著她的心門，我說：「再見了，兔子小姐，謝謝你。」

醒過來時，我躺在巫婆照相館的床上，狐狸巫婆和爸媽堅決不告訴我，我不在時，他們所發生的事。

我只知道，鬼相機被狐狸巫婆封印燒掉了，爸爸也恢復了正常，媽媽對我一樣兇，一切都和以前一樣。

不過有件事我

騙了他們：我說，我已經告訴他們所有的事。

但是並非如此，我想私藏一些與兔子小姐的回憶，只有我們兩個知道，珍藏在我的生命裡，一輩子。

我們並沒有再見。

作者說

讓結束不只是結束

無論是否願意，任何旅程都會有結束的時候。就算吉米三世再怎麼不願意，他還是必須送走兔子小姐。不過，我相信總有一天他們會再度相見。人生也因為有結束的一刻，人們才會更珍惜這段旅程。所以，結束與再見並不是重點，最重要的是：珍惜把握現在所遇到的人與事，專注享受在每一個時刻，結束就不會只是結束了。

超馬童話作家

顏志豪

臺東大學兒童文學博士，現專職創作。

拿起筆時，我是神，也是鬼。放下筆時，我是人，還是個手無寸鐵的孩子。

FB粉絲頁：顏志豪的童書好棒塞。

國家圖書館出版品預行編目（CIP）資料

超馬童話大冒險 . 8, 說再見 / 王淑芬等著；蔡豫寧
等繪 . -- 初版 . -- 新北市：遠足文化事業股份有限
公司字畝文化出版：遠足文化事業股份有限公司
發行 , 2020.12
面； 公分
ISBN 978-986-5505-47-9（平裝）
863.596 109018429

XBTL0008

超馬童話大冒險 8 說再見

作者｜王淑芬、亞平、劉思源、林世仁、王文華、王家珍、賴曉珍、顏志豪
繪者｜蔡豫寧、李憶婷、尤淑瑜、楊念蓁、陳昕、陳銘、許臺育

社　　長｜馮季眉
編輯總監｜周惠玲
特約主編｜陳玫靜
編　　輯｜戴鈺娟、李晨豪、徐子茹
封面設計｜許紘維
內頁設計｜張簡至真

出版｜字畝文化
發行｜遠足文化事業股份有限公司
地址：231 新北市新店區民權路 108-2 號 9 樓
電話：（02）2218-1417　傳真：（02）8667-1065
電子信箱：service@bookrep.com.tw
網址：www.bookrep.com.tw
郵撥帳號：19504465 遠足文化事業股份有限公司
客服專線：0800-221-029

讀書共和國出版集團
社長｜郭重興
發行人兼出版總監｜曾大福
印務經理｜黃禮賢
印務主任｜李孟儒

法律顧問｜華洋法律事務所　蘇文生律師
印製｜中原造像股份有限公司

2020年12月　初版一刷　定價：330元
ISBN 978-986-5505-47-9　書號：XBTL0008